KB050839

향렴집

香奩集

향렴집

한악 편저, 주기평 역해

學古房

일러두기

1 이 책의 원문은 ≪전당시全唐詩≫ 권683 〈한악韓偓 4〉를 저본으로 하였다. 저본에서 밝히고 있는 다른 글자나 구절은 따로 인용하지 않았다.

2 작품의 편차는 저본의 체례를 따랐다.

3 작품의 주석은 진계룡陳繼龍의 ≪한악시주韓偓詩注≫(상해, 학림출판사, 2001)와 제도齊濤의 ≪한악시전주韓偓詩箋注≫(제남, 산동교육출판사, 2000) 등을 참고하였으며, 해설은 작품의 의미와 표현상의 특징 및 구조분석을 위주로 하였다.

4 주석의 표제음은 두음법칙을 적용하여 표기하였으며, 한 글자인 경우 이를 적용하지 않고 원음을 표기하였다.

5 이 책에 사용된 부호는 다음과 같다.

≪ ≫ : 서명
〈 〉 : 편명 또는 작품명
( ) : 한자병기 및 인용문의 원문.
[ ] : 한글표기와 한자표기의 음이 다른 경우.
“ ” : 인용문.
‘ ’ : 강조.

역자 서문

중국 고전시는 전통시기 중국 상층문인의 대표적인 문학양식으로서 우리에게는 한시漢詩라는 명칭으로 널리 알려져 있으며, 우리뿐 아니라 일본과 베트남 등 동아시아 국가들의 고전문학에 많은 영향을 끼쳤다. 전통시기 중국을 비롯한 동아시아의 고전문학은 덕치와 예교를 중시하는 공리주의적 문학관이 주를 이루고 있었다. 물론 이에 대립되어 자유로운 사유와 개인의 개성을 긍정하는 낭만주의적 문학관 또한 존재하고 있었지만, '애정'이라는 제재는 상층문인으로서 특히 전통문학으로 꼽히는 '시詩'에서 이를 드러내 놓고 추구하기에는 개인적으로나 사회 통념상으로나 많은 제약이 있을 수밖에 없었다. 그러나 이성에 대한 사랑은 인간의 본원적 감성으로서 이념에 의해 제약될 수 없으며, 이에 대한 추구는 사회적 신분의 고하에 따라 달라질 수 있는 것도 아니다. 따라서 남녀 간의 애정이나 아름다운 여성에 대한 추구를 주된 제재로 하고 있는 ≪향렴집香奩集≫은 전통시기 상층문인들의 억제된 욕망과 그들의 성적 이상을 잘 보여주고 있는 매우 의미 있는 작품집이라 할 수 있다.

≪향렴집香奩集≫은 비록 작자의 진위에 대한 이론이 존재하기는 하지만, 당대唐代 한악韓偓(842~923)이 편찬한 시집으로서 중국문학사상 최초의 문인 애정시집으로 꼽힌다. 여기에는 판본에 따라 약간의 차이가 있기는 하지만, ≪전당시全唐詩≫본의 경우 총91제 103수의 시와 잔구 2구가 수록되어 있다. '향렴香奩'은 본래 고대 여인들이 쓰던 경대鏡臺나 향합香盒을 가리키는 말로, 한악의 ≪향렴집≫에서 아름답게 치장하거나 곱게 화장한 여성들의 외모나 일상생활을 묘사했던 것에서 이후

이른바 '향렴체香奩體'라는 시풍의 명칭이 유래하였다.

《향렴집》에서는 여성을 화자로 하거나 남성 관찰자의 입장에서 여성의 심리와 일상의 생활을 세밀하게 묘사하고 내면의 은밀한 감정을 드러내고 있다. 따라서 이는 남성의 입장에서 바라는 여성의 전형이거나 자신의 갈망과 욕망을 여성 화자를 통해 대신 표출한 것이라 할 수 있다. 한악 이후 시인들의 향렴체 시는 많은 부분 《향렴집》에서 그 내용과 표현방식을 차용하였으며 이는 우리의 경우에도 예외는 아니었다. 《향렴집》의 화려하고 농염한 시풍은 일찍이 고려조에 영향을 끼쳐 '의향렴擬香奩', '차향렴운次香奩韻' 등과 같은 제목의 시가 유행하였다. 조선조에 들어와서도 《향렴집》의 영향은 지속적으로 이어져, 중기에 당풍唐風이 크게 성행하였을 때 정사룡鄭士龍, 조문수曹文秀, 김석주金錫胄를 비롯한 많은 시인들이 《향렴집》에서의 운을 본 따고 그 시어와 표현방식들을 차용하였다. 종합하면 《향렴집》은 한국과 중국의 낭만주의 문학의 토대이자 원형으로서, 동아시아에서의 문인 애정시의 양상과 특징을 집약적이고 총체적으로 보여주는 작품집이라 할 수 있다.

《향렴집香奩集》의 작자 한악韓偓은 당唐 경조京兆 만년萬年(지금의 섬서성陝西省 서안시西安市 부근) 사람으로 자가 치요致堯이고 호는 옥산초인玉山樵人이다. 소종昭宗 용기龍起 원년(889)에 진사進士에 급제하여 한림학사翰林學士, 중서사인中書舍人, 병부상서兵部尚書, 한림승지翰林承旨 등을 역임하였다. 이후 주온朱溫의 미움을 사서 복주사마濮州司馬로 좌천되자 관직에서 물러났으며, 소종이 누차 조정으로 복귀할 것을 명했으나 모두 불응했다. 시에 있어 칠언율시七言律詩에 뛰어났으며 즉흥시卽興詩의 성과도 높은데, 대부분 당 왕조의 흥망성쇠를 노래하였으며 주로 정치적 변란을 주된 소재로 삼았다. 저서로 《한내한별집韓內翰別集》이 있으며, 남녀 간의 연정을 그린 작품만을 별집 형태로 모은 《향렴집香奩集≫이 있다.

≪향렴집≫은 역대로 여러 가지 형태로 간행되어 왔으니, 역대 서목을 보면 권수가 1권본부터 3권본까지 매우 다양하게 나타나고 있다. 현전하는 판본으로는 급고각본汲古閣本, 당음통첨본唐音統籤本, 사부총간영인본四部叢刊影印本, 대만중앙도서관소장臺灣中央圖書館所藏 구초본舊抄本, 전당시본全唐詩本, 사고전서본四庫全書本, 왕씨산방초본王氏山房抄本, 관중총서關中叢書 오여륜평주본吳汝綸評注本 등 총8개 판본이 있으며, 판본에 따라 수록된 작품의 수와 배열 상의 차이가 있다. 본 번역에서는 이중 가장 오탈자가 적은 판본으로 꼽히는 전당시본全唐詩本을 저본으로 삼았다.

중국 낭만주의 시문학의 정화이자 중국 최초의 문인 애정시집으로서, 한시에 있어 '향렴체香奩體'라는 용어의 기원이 되었던 ≪향렴집≫은 그 문학사적인 의의와 문학적 가치에도 불구하고 아직까지 국내에서는 완역본이 나와 있지 않으며 부분적인 선집 또한 출간되지 않았다.

이러한 국내의 번역 상황을 반영하듯이 이와 관련한 국내의 연구도 아직은 다소 미진한 편이라 할 수 있다. 현재 ≪향렴집≫과 관련한 학위논문으로는 ≪향렴집에 나타난 애정표현의 양상≫(서연주, 서울대 석사논문, 2011), ≪한중 향렴시 비교연구≫(주후상, 중앙대 석사논문, 2016) 두 편이 있으며, 〈한악 향렴시 소고〉(장준영, 중국학연구 27, 2004), 〈동랑과 상공-한악시의 두 작자〉(김준연, 중국문학 38집, 2002) 등 몇 편의 소논문만 있을 뿐이다.

중국의 경우 현재 ≪향렴집≫의 주석본으로 진계룡陳繼龍의 ≪한악시주韓偓詩注≫(상해, 학림출판사, 2001)와 제도齊濤의 ≪한악시전주韓偓詩箋注≫(제남, 산동교육출판사, 2000) 두 종이 있다. 그러나 두 종 모두 번역 없이 간단한 주석만 있을 뿐 작품에 대한 분석이나 설명이 없어, 시의 배경이나 함의 및 표현과 형식수사 방면 등에 있어 작품을 보다 깊이 있게 이해하고 감상하는 데는 별다른 도움이 되지 못하고 있다.

또한 참고 원전이나 관련 자료들의 원문만을 제시하고 있어 일반 독자들은 물론 한문과 한시에 일정 정도의 소양을 갖추고 있는 독자들도 해독에 많은 어려움이 있는 아쉬움이 있다. 따라서 작품에 대한 이해와 감상뿐 아니라 시 비평능력의 배양을 위해서도 정확한 번역과 상세한 주석은 물론 작품에 대한 분석과 설명이 부가된 역해서가 필요하다고 할 수 있다.

이 책에서는 다음 사항을 중점으로 하여 역해를 진행하였다.

첫째, 시 번역에 있어 한시 고유의 형식미를 최대한 반영하여 번역하였다. 한시는 평측, 대장, 운율 등 자체의 고유한 형식미 지니고 있다. 따라서 우리말 자구의 배합이나 적절한 단어의 선택과 운용을 통해 번역에서도 시인이 의도한 형식미가 가능한 최대한 드러날 수 있도록 하였으며, 번역문 자체로도 시의 맛을 느낄 수 있도록 우리말 가독성을 제고시켜 번역하였다.

둘째, 주석은 가능한 상세하게 달았다. ≪향렴집≫에 수록된 작품에는 현대 독자들이 이해하기 어려운 전문적인 용어나 고대 문물에 대한 언급들이 많이 나타난다. 따라서 작품에서 인용된 식물이나 동물, 문양, 장신구, 건축물에 가능한 상세한 주석을 달아 작품의 이해도를 높이고 관련한 문화와 문물을 함께 이해할 수 있도록 하였다.

셋째, 시 작품 자체로서 감상할 수 있도록 하고 원문 해독능력도 함께 높일 수 있도록 하였다. 이 책에서는 우리말 번역문을 먼저 제시하고 시 원문을 뒤로 배치하여 우리 말로 작품 자체를 먼저 읽고 감상할 수 있도록 하였다. 아울러 주석이나 설명에서 인용되는 시구나 원문은 번역문 속에 원문을 함께 표기하여 이를 대조해가며 읽을 수 있도록 하여 원문 해독능력의 향상도 도모할 수 있게 하였다.

넷째, 작품의 이해와 비평능력의 배양에 도움이 될 수 있도록 하였다. 이를 위해 매 작품마다 해설을 병기하여 해당 작품의 구조분석을 위주로 작품의 주제와 내용, 함의 및 표현상의 특징 등을 가능한 한 상세히

설명하였다.

비록 나름 심혈을 기울였다고는 하나 작품 번역이나 해설에 있어 미진함이 있으며 역해자의 오류나 잘못된 이해 또한 적지 않으리라 생각된다. 그러나 비록 잘못된 번역이나마 없는 번역보다는 낫다는 말로 스스로 위안을 삼으며 필자의 부족한 식견을 변명할 따름이다. 본 역해서가 이후 더 나은 번역서의 바탕이 되고 관련 연구에 있어 다소나마 도움이 될 수 있기를 바라며 독자제현의 많은 질정을 기다린다.

2020. 2.

벽송碧松 주기평 삼가 씀

목차

향렴집서香奩集序*

내가 시문에 빠진 지 실로 여러 해가 되었다. 진실로 대장부가 할 것은 아님을 알면서도 정情을 잊을 수가 없었으니 이는 천부적인 것이기 때문이다. 경진년(860) 신사년(861) 무렵부터 신축년(881) 경자년(880)까지 쓴 시가 천 수에 지나지 않지만, 그중 곱고 아름다운 것으로서 득의한 것 또한 수백 편이었으며 때로 사대부들의 입에서 불리거나 혹은 악공들의 음악에 들어가고 여인들의 담이나 후궁들의 벽에 작은 글자로 비스듬히 써져 몰래 읊어지는 것은 다 헤아릴 수가 없었다.

오랑캐들이 변방을 침입함에 서적들이 모두 없어지고 이리저리 옮겨 다니며 비굴하게 지내면서 살아남기를 추구하였으니, 미천한 가운데 있으면서 어찌 다시 읊고 노래하는 것을 마음에 두었겠는가? 혹 하늘 끝 멀리 떨어진 곳에서 옛 지인을 만나거나 혹 피난지에서 옛 친구를 만나 취하여 읊을 때면 때로 내가 노래했던 것을 언급하였으니, 이로부터 모은 것이 다시 백 편이었으며 차마 버리지를 못하고 때에 따라 편차하여 수록하였다.

옛날 궁체시를 생각하면 감히 유신庾信의 글을 잘 썼다 칭찬할 수는 없지만, 옥대체는 오히려 나무라는 바이니 어찌 반드시 서릉徐陵을 빌어다가 글을 썼겠는가? 거칠게나마 아름다운 척 흉내는 내었으나 여인을 희롱했다는 수치스러움이나 당하지 않기를 바란다. 기루妓樓에서는 찌꺼기 술도 마시지 않았으니, 위세 높은 집 아름다운 방의 여인들이 비로소 풍류에 참여하게 되었도다. 오색의 영지를 씹은 듯 몸의 모든 구멍에

* 저본인 《전당시全唐詩》에는 실려 있지 않으며 《오대시화五代詩話》 권6에 인용된 원문을 수록하였다.

서 향기가 피어나고 삼위산三危山의 이슬을 마신 듯 사람의 모든 정에서 봄이 생동하니, 만약 이것의 불경함을 책망하는 이가 있다고 한다면 또한 이 같은 공으로써 허물을 덮어주기를 바란다.

한림학사승지 행상서호부시랑 지제고 한악韓偓이 쓰다.

余溺章句, 信有年矣. 誠知非丈夫所為, 不能忘情, 天所賦也. 自庚辰辛巳之際, 迄辛丑庚子之間, 所著歌詩, 不啻千首. 其間以綺麗得意者, 亦數百篇, 往往在士大夫之口, 或樂工配入聲律, 粉墻椒壁, 斜行小字, 竊詠者不可勝計. 大盜入關, 緗帙都墜, 遷徙不常, 厥居求生, 草莽之中, 豈復以吟諷為意. 或天涯逢舊識, 或避地遇故人, 醉咏之暇, 時及拙唱, 自爾鳩輯, 復得百篇, 不忍棄捐, 隨時編録. 遐思宫體, 未敢稱庾信攻文, 却誚玉臺, 何必倩徐陵作叙. 粗得捧心之態, 幸無折齒之慚. 柳巷青樓, 未嘗糠粃. 金閨繡户, 始預風流. 咀五色之靈芝, 香生九竅. 咽三危之瑞露, 春動七情. 如有責其不經, 亦望以功掩過. 翰林學士承旨, 行尚書户部侍郎, 知制誥韓偓序.

1. 깊고 그윽한 창에서

수놓느라 겨를이 없는 것도 아니건만
깊고 그윽한 창에 즐거운 일도 드물다네.
손은 향기로워 강남의 귤처럼 어여쁘고
치아는 연해 월 땅의 매실조차 시다네.
은밀한 약속은 막상 갈 때 되니 겁이 나고
비밀 편지는 답하려 해도 어렵기만 하네.
근거 없이 까치 말소리 알아듣고는
외려 잠시 마음의 편안함을 얻네.

幽窓

刺繡非無暇,[1] 幽窓自鮮歡[2]
手香江橘嫩,[3] 齒軟越梅酸.[4]
密約臨行怯,[5] 私書欲報難.[6]
無憑諳鵲語,[7] 猶得暫心寬.[8]

【주석】

1) 刺繡(자수) : 수를 놓다.
2) 幽窗(유창) : 깊고 그윽한 창. 여인의 거처를 가리킨다.
3) 江橘(강귤) : 강남 지역의 귤.
嫩(눈) : 예쁘다.
4) 越梅(월매) : 월越 지역의 매실.
5) 密約(밀약) : 남몰래 맺은 은밀한 약속.

6) 私書(사서) : 사적인 은밀한 편지. 임에게서 온 편지를 가리킨다.
7) 無憑(무빙) : 까닭 없이. 근거도 없이. 자기 마음대로 생각하는 것을 가리킨다.
   諳(암) : 알다.
   鵲語(작어) : 까치 소리. 임의 소식을 가리킨다.
8) 心寬(심관) : 마음이 너그러워지다. 마음이 편안해지는 것을 말한다.

【해설】

이 시는 은밀한 사랑을 하고 있는 여인의 두려움과 임을 향한 그리움을 나타내고 있다.

제1~2구에서는 임에 대한 그리움을 품은 채 깊고 적막한 방에 쓸쓸히 홀로 있는 여인의 상황을 말하고 있다. 제3~4구에서는 여인의 아름다운 모습을 묘사하고 있는데, 강남의 붉은 귤과 월 땅의 푸른 매실을 통해 후각과 시각 및 촉각과 미각을 감각적으로 대비시키고 있다. 제5~6구에서는 임과 비록 만날 약속을 했지만, 겁이 나고 임의 편지에 답장조차 하기 어려움을 말하며 남몰래 하는 은밀한 사랑에 대한 두려움과 안타까움을 나타내고 있다. 마지막 제7~8구에서는 까치의 울음소리를 듣고 임의 소식이 올 것이라 기대하며 잠시나마 마음의 안정과 위안을 얻고 있다.

2. 강가 누각에서 2수

(1)

꿈에서 흐느껴 울다 깨어서는 말이 없이
아득하고 어렴풋한 안개 낀 강나루를 바라보네.
객들 흩어진 텅 빈 누각에 제비는 교차하여 날고
돛배 달리는 고요한 강에 해는 중천에 떠 있네.

江樓二首

其一

夢啼嗚咽覺無語,[1]　　杳杳微微望煙浦.[2]
樓空客散燕交飛,[3]　　江靜帆飛日亭午.[4]

【주석】

1) 嗚咽(오열) : 목이 메어 흐느껴 울다.
2) 杳杳(묘묘) : 아득히 먼 모양.
微微(미미) : 흐릿하여 분명하지 않은 모양.
3) 燕交飛(연교비) : 제비가 교차하여 날다. 한 쌍의 제비가 각각 위아래로 교차하여 날며 사이좋게 노니는 것을 말한다.
4) 帆飛(범비) : 돛배가 나는 듯이 빨리 나아가다. 여기서는 이별한 사람이 타고 있는 배를 의미한다.
亭午(정오) : 한낮. '정오正午'와 같다.

【해설】

이 시는 아름다운 봄날 강가 누대에서 지인을 떠나보낸 허전함과 슬픔을 노래한 것으로, 그 주체나 대상이 분명하지 않다.

제1수에서는 지인을 떠나보내고 홀로 남은 화자의 외롭고 쓸쓸한 심경이 나타나 있다. 제1~2구에서는 이별을 앞두고 꿈에서는 슬픔에 오열했지만, 막상 이별이 현실로 닥친 후에는 슬픔조차 드러내지 못하고 멍한 상태로 지인이 떠나가는 나루터를 바라보고 있다. 제3~4구에서는 전별연이 끝나고 모두가 돌아가 버린 텅 빈 누각에 홀로 남아, 쌍쌍이 날며 희롱하는 제비들과 지인이 타고 떠나는 배를 바라보며 슬픔에 잠겨있다.

(2)

메기와 죽순은 향과 맛이 새롭고
버들과 술 깃발엔 삼월 봄이 한창이네.
봄 풍경은 온갖 계책으로 사람을 늙게 만드니
어찌하리, 다정함이 몸을 병들게 하는 것을.

其二

鯷魚苦筍香味新,[1]　楊柳酒旗三月春.[2]
風光百計牽人老,[3]　爭奈多情是病身.[4]

【주석】

1) 鯷魚(제어) : 메기.
苦筍(고순) : 대나무의 일종인 고죽苦竹의 순. 약간 쓰면서도 단맛이나 '첨고순甛苦筍'이라 부른다.
2) 酒旗(주기) : 술 깃발. 주막을 가리킨다.
3) 百計(백계) : 온갖 방법과 계책.

牽人老(견인로) : 사람을 끌어당겨 늙게 하다. 아름다운 봄 풍경이 사람을 시름겹게 만드는 것을 말한다.

4) 爭奈(쟁내) : 어찌할까?

病身(병신) : 몸을 병들게 하다. 홀로 맞이하는 아름다운 봄 풍경과 이별한 이에 대한 그리움으로 인해 몸조차 상해가는 것을 말한다.

【해설】

이 시는 앞 시에 이어 아름다운 봄날을 홀로 맞이하는 슬픔과 떠난 이에 대한 그리움을 나타내고 있다.

제1~2구에서는 한층 더 향기롭고 맛있어진 술안주와 녹음이 드리워진 버들, 나부끼는 술 깃발을 묘사하며 지금이 봄을 즐길 절정의 시기임을 말하고 있다. 제3~4구에서는 이러한 봄날에 오히려 이별을 맞이하게 되어 더욱 깊은 시름에 몸조차 병들어가고 있음을 탄식하고 있다.

3. 봄이 저문 날

나무 끝에 막 떠오른 태양이 서쪽 처마를 비추더니
나무 아래 시든 꽃이 밤비에 젖었고,
후원 연못가 정자에 자물쇠 소리 들리더니
별당 난간에 드리워진 발 보이네.
간드러진 버들가지는 문으로 들어와 바람에 비끼고
느릅나무 열매는 담장에 쌓여 물에 반쯤 잠겼네.
술잔 들어 봄을 보내니 슬픔만 남아
해마다 삼월이면 시름시름 앓는다네.

春盡日

樹頭初日照西檐,[1] 樹底蔫花夜雨霑.[2]
外院池亭聞動鎖,[3] 後堂闌檻見垂簾.[4]
柳腰入戶風斜倚,[5] 榆莢堆牆水半淹.[6]
把酒送春惆悵在,[7] 年年三月病厭厭.[8]

【주석】

1) 初日(초일) : 막 떠오른 해.
照西檐(조서첨) : 서쪽 처마를 비추다. 태양이 저무는 것을 의미한다.
2) 蔫花(언화) : 시든 꽃.
3) 動鎖(동쇄) : 자물쇠를 채우다. 날이 저문 상황과 봄이 끝나 더는 정원과 연못 정자에 나가지 않는 상황을 함께 비유한다.
4) 闌檻(난함) : 난간.

垂簾(수렴) : 주렴珠簾을 드리우다. 밤과 여름의 시작을 의미한다.

5) 柳腰(유요) : 여인의 허리처럼 간드러진 버들.

斜倚(사의) : 비스듬히 기대다. 바람에 쏠려 옆으로 비끼는 것을 가리킨다.

6) 榆莢(유협) : 느릅나무 열매. 잎은 엽전 모양과 같아 '유협전榆莢錢'이라 부르며, '유수전榆樹錢'이라고도 한다.

7) 惆悵(추창) : 슬퍼하다. 비통해하다.

8) 厭厭(염염) : 병든 모양.

【해설】

이 시는 저무는 봄의 아쉬움을 노래한 것으로, 집안의 주위 경관과 자연 경물의 묘사를 통해 시간의 흐름과 계절의 변화를 동시에 나타내고 있다.

제1~2구에서는 태양이 떠올라 서쪽으로 지고 시들어 떨어진 꽃이 밤비에 젖는 모습을 통해 하루의 시간의 흐름과 한 계절의 흐름을 함께 나타내고 있으며, 제3~4구 또한 후원 연못가 정자에 자물쇠가 내려지고 별당 난간에 발이 드리워진 상황을 통해 낮과 밤이 바뀌고 봄과 여름이 교차하는 상황을 하나로 결합시켜 생동감 있게 나타내고 있다. 제5~6구에서는 방 안으로 들어와 나부끼는 버들가지와 담장 위로 떨어져 물에 잠긴 느릅나무 열매를 대비시키며 봄에서 여름으로의 빠른 시간의 흐름을 나타내고 있다. 마지막 제7~8구에서는 술잔 들어 슬픔과 아쉬움으로 봄을 보내며 해마다 3월이면 반복되는 봄과의 이별에 몸조차 병이 들고 있음을 한스러워하고 있다.

4. 등을 노래하다

높이 주루에 걸려 비단 휘장을 밝히고
멀리 고깃배를 따라 안개 낀 강에 정박하네.
예로부터 깊은 원망은 모두 뼈를 녹였으니
줄곧 장문궁에서 비 오는 창 등지고 있지는 말지니.

詠燈

高在酒樓明錦幕,[1] 遠隨漁艇泊煙江.[2]
古來幽怨皆銷骨,[3] 休向長門背雨窗.[4]

【주석】

1) 酒樓(주루) : 높은 누각에 자리한 주점.
錦幕(금막) : 아름다운 무늬로 화려하게 장식된 비단 휘장.

2) 漁艇(어정) : 고깃배. '정艇'은 작은 배를 가리킨다.

3) 幽怨(유원) : 가슴 깊이 간직한 원망이나 슬픔.
銷骨(소골) : 뼈를 녹이다. 깊은 시름에 몸이 상하는 것을 의미한다.

4) 休(휴) : ~하지 말라. '막莫', '물勿'과 같다.
向(향) : 줄곧. 내내. '일향一向'의 뜻이다.
長門(장문) : 장문궁長門宮. 한대漢代의 궁궐 이름으로, 효무제孝武帝 때 진황후陳皇后가 위부인衛夫人을 투기하다 총애를 잃고 유폐된 곳이다. 여기서는 사랑을 잃고 버림받은 여인이 있는 곳을 가리킨다.
背雨窗(배우창) : 비 오는 창을 등지다. 창을 등진 채 등불을 바라보고 있는 모습을 말한다.

【해설】

이 시는 등불을 노래한 영물시로, 사랑하는 사람에게서 버림받은 여인이 슬픔을 극복하고 외로움에서 떨쳐 일어나기를 바라는 뜻을 기탁하고 있다.

제1~2구에서는 주루에 높이 걸린 화려한 등불과 안개 속에 정박해 있는 고깃배의 희미한 등불을 대비시키며 같은 등불이지만 각기 서로 다른 처지에 있음을 말하고 있다. 아울러 대비의 방식에 있어 수직과 수평, 육지와 강의 공간적 대비와 화려함과 소박함, 번화함과 고요함의 정서적 대비를 함께 나타내고 있다. 제3~4구에서는 깊은 시름은 사람의 몸까지도 상하게 함을 말하고, 비 오는 밤 홀로 등불을 바라보며 버림받은 원망과 사랑을 잃은 슬픔에만 빠져 있지 말 것을 권하고 있다.

5. 이별의 감정

이별의 감정 고요히 평온하기만 하더니
시름을 끌어 나도 몰래 마음속으로 들어왔네.
꽃 가득한 모래섬으로 배는 이미 돌아가 버렸으니
주점에서 거문고 소리 들은 것을 후회한다네.
국화 빛 이슬에 비단 휘장은 처량하고
배꽃 색 서리에 비단 이불은 슬프기만 하니,
이내 생 끝나도록 홀로 지내며
죽을 때까지 그대 찾으리라 맹세한다네.
달빛 좋은들 무슨 소용 있으리?
노래는 끝이 나고 탄식은 그치지 않네.
산꼭대기 더 높은 곳,
높이 올라 사랑을 노래했던 일 생각나네.

別緖

別緖靜愔愔,[1] 牽愁暗入心.[2]
已回花渚棹,[3] 悔聽酒壚琴.[4]
菊露凄羅幕,[5] 梨霜惻錦衾.[6]
此生終獨宿, 到死誓相尋.
月好知何計,[7] 歌闌歎不禁.[8]
山巓更高處, 憶上上頭吟.[9]

【주석】

1) 別緖(별서) : 이별의 정서.

   愔愔(암암) : 깊고 그윽한 모양. 또는 온화하고 평온한 모양.

2) 暗(암) : 자신도 모르게.

3) 花渚(화저) : 꽃이 가득 피어 있는 모래섬. 사람이 살 수 있는 모래섬은 '주洲'라 하고, 살 수 없는 곳은 '저渚'라 한다.

   棹(도) : 노. 임이 타고 떠나간 배를 가리킨다.

4) 酒壚(주로) : 주점에서 술 항아리를 올려놓는 토단土壇. 여기서는 주점을 가리킨다.

   琴(금) : 거문고. 임과 함께 들은 이별의 노래를 가리킨다.

5) 菊露(국로) : 흰 국화 빛의 이슬.

   羅幕(나금) : 비단 휘장.

6) 梨霜(이상) : 흰 배꽃 색의 서리.

   錦衾(금금) : 화려하게 수놓은 비단 이불.

7) 何計(하계) : 무엇을 계획할 수 있나? 아무런 소용이 없음을 말한다.

8) 闌(란) : 그치다. 끝나다.

9) 上(상) : 높은 곳에 오르다.

   上頭吟(상두음) : 산 높은 곳에서 읊조리는 노래. 산에 높이 올라 함께 즐기며 사랑을 노래했던 일을 가리킨다.

【해설】

이 시는 임과 헤어진 슬픔을 노래하며 변함없는 사랑을 맹세하고 있다. 제1~4구에서는 임과 막 이별할 때는 이별을 실감하지 못하여 오히려 담담하고 평온하였지만, 시간이 흐를수록 이별을 실감하고 마음속 시름이 깊어지게 되었음을 말하고 있다. 이는 이들의 이별이 예상치 못한 것이었으며 그만큼 그 충격과 슬픔이 강렬할 수밖에 없었으리라는 것을 보여준다. 이어 이제는 이미 임이 떠나버렸음을 자각하며 그를 만류하지 못한 자신을 후회하고 있다. 제5~8구에서는 이슬과 서리에 차가워진 비단 휘장과 이불에 자신의 슬픔과 외로움을 기탁하고, 평생 홀로 지내며 죽을 때까지 기다리겠다는 말로 변치 않을 사랑을 맹세하고 있다. 마지막 제9~12구에서는 달빛 비치는 아름다운 풍광도 임과 함께 할 수 없어 아무런 소용이 없음을 탄식하며, 옛날 함께 높이 산에 올라 사랑을 나누었던 일을 회상하고 있다.

6. 꽃을 보며

치맛자락 추켜들고 코 감싸며 시 읊조리는데
한낮 담장 너머로 유독 계절이 드러나네.
핏빛으로 물들인 촉의 비단 같은 산 두견화,
살 색처럼 붉은 궁궐 비단 같은 해당화.
꽃에 미쳐 병을 얻는 것이야 아무렇지 않건만
읊으려 해도 재주가 없는 것이 슬프기만 하네.
동풍이 돌아가는 것을 보게 된다면
어찌하리? 잎 무성한 가지만 남아 있을 것을.

見花

褰裳擁鼻正吟詩,[1] 日午牆頭獨見時.[2]
血染蜀羅山躑躅,[3] 肉紅宮錦海棠梨.[4]
因狂得病眞閑事,[5] 欲詠無才是所悲.
看卻東風歸去也,[6] 爭教判得最繁枝.[7]

【주석】

1) 褰裳(건상) : 치마를 추어올리다. 여인이 걸음 걷는 모습을 가리킨다. 擁鼻(옹비) : 코를 손으로 감싸다. 낮은 소리로 시를 읊조리는 모습을 말한다.
2) 見時(현시) : 때를 드러내다. 계절의 정취나 풍경이 나타나는 것을 가리킨다.
3) 蜀羅(촉라) : 촉 지역에서 생산되는 비단.

躑躅(척촉) : 두견화杜鵑花의 별칭. 봄에 선홍색의 꽃이 피며, '영산홍映山紅'이라고도 한다.

4) 宮錦(궁금) : 궁궐에서 제작한 비단.

海棠梨(해당리) : 해당화. 장미과의 낙엽관목. 늦봄에서 초여름 사이에 홍자紅紫색의 꽃이 피며, 바닷가 모래땅에서 많이 자란다. '해당과海棠果' 또는 '해홍海紅'이라고도 한다.

5) 閑事(한사) : 자신과는 관계없는 일. 아무렇지 않음을 말한다.

6) 看卻(간극) : 보게 되다. '극卻'은 어조사로, 동사 뒤에 쓰여 동작의 완성을 나타낸다.

東風(동풍) : 봄바람.

7) 爭敎(쟁교) : 어찌할까.

判得(판득) : 구별하여 얻다. 꽃은 시들어버리고 잎만 남아 있는 것을 가리킨다.

繁枝(번지) : 잎이 무성한 가지.

【해설】

이 시는 꽃이 만발한 봄날의 감회를 노래하며 곧 저물 봄을 안타까워하고 있다.

제1~2구에서는 봄을 맞아 뜰을 거닐고 시를 읊조리며 담장 너머 완연한 봄 경치를 바라보고 있는 모습이 나타나 있으며, 제3~4구에서는 울긋불긋 화려한 꽃이 아름다운 비단처럼 펼쳐진 경관을 묘사하며 지금이 봄의 절정의 시기임을 말하고 있다. 제5~6구에서는 정신을 잃을 정도로 아름다운 봄 경관을 자신의 어떠한 말로도 다 표현할 수 없음을 안타까워하고 있다. 마지막 제7~8구에서는 봄이 지나면 꽃은 다 시들고 잎 무성한 가지만 남아 있을 것을 생각하며 짧기만 한 봄을 아쉬워하고 있다.

7. 말 위에서 보다

건장한 말에 연전 문양 먼지 가리개 두르고
말에 오르니 인간 세상 귀양 온 신선이시네.
도포 입고 옥 등자에 발 걸치고
이별하는 소매에 금 채찍 쥐셨네.
가실 땐 몽롱이 취했다가
돌아오실 땐 피곤에 쓰러져 잠이 들었네.
내 신세 마부보다 못함이 스스로 가련하니
남은 온기가 향기로운 말안장 깔개에 남아 있네.

馬上見

驕馬錦連錢,[1]　　乘騎是謫仙.[2]
和裙穿玉鐙,[3]　　隔袖把金鞭.[4]
去帶懵騰醉,[5]　　歸成困頓眠.[6]
自憐輸廐吏,[7]　　餘暖在香韉.[8]

【주석】

1) 驕馬(교마) : 건장한 말.
連錢(연전) : 동전이 연결되어 있는 문양. 말의 배 양쪽에 늘어뜨려 흙먼지를 막는 장니障泥에 장신한 문양을 가리킨다.
2) 謫仙(적선) : 폄적貶謫된 신선. 연모하는 임을 가리킨다.
3) 和裙(화군) : 도포를 입다. '화和'는 '옷을 입다'는 뜻으로, 장선張先의 〈남가자南歌子〉 사詞에서 "취한 후 옷 입은 채 쓰러지나니, 시름겨워

술기운에 나른하네.(醉後和衣倒, 愁來殢酒醺)"라 한 것과 같은 용례이다. '군裙'은 무릎 아래까지 내려오는 옷으로 치마와 비슷하며, 고대에는 남녀 모두 착용하였다.

穿(천) : 꿰뚫다. 등자鐙子에 발을 걸어 끼우는 것을 가리킨다.

玉鐙(옥등) : 옥으로 만든 등자鐙子. 등자는 말을 탈 때 발을 끼는 도구이다.

4) 隔袖(격수) : 옷소매가 멀어지다. 이별을 의미한다.

5) 懵騰(몽등) : 몽롱하다.

6) 困頓(곤돈) : 피곤하여 쓰러지다.

7) 輸(수) : ~만 못하다.

廐吏(구리) : 마구간의 관리. 여기서는 마부를 가리킨다.

8) 韉(천) : 말안장 아래에 대는 천 깔개.

【해설】

이 시는 연모하는 임의 모습을 칭송하며 임과 함께 하지 못하는 아쉬움을 나타내고 있다.

제1~2구에서는 화려한 장식의 건장한 말을 타고 있는 임의 모습을 묘사하며 하늘의 신선에 비유하고, 제3~4구에서는 임과의 이별의 상황을 말하며 옥 등자에 발을 걸치고 금 채찍을 들고 있는 모습으로 임의 위엄과 기품을 나타내고 있다. 제5~6구에서는 술이 채 덜 깬 채로 나갔다가 피곤에 지쳐 잠든 채 돌아오는 임의 모습에서 안쓰러움과 연민을 느끼고 있으며, 마지막 제7~8구에서는 임과 늘 함께 있는 마부보다도 못한 자신의 처지를 안타까워하며 임의 온기가 남아 있는 말안장 깔개를 어루만지며 임을 향한 연모의 정을 나타내고 있다.

8. 회랑을 돌며

짙은 연기에 발 너머로 향은 새어 나오고
기운 등불에 대나무 비쳐 그림자는 들쭉날쭉하네.
회랑 돌다 기둥에 기대어 슬픔 견디는데
가랑비와 가벼운 추위에 꽃 지는 때라네.

繞廊[1]

濃煙隔簾香漏泄,[2] 斜燈映竹光參差.[3]
繞廊倚柱堪惆悵,[4] 細雨輕寒花落時.[5]

【주석】

1) 繞廊(요랑) : 회랑回廊을 따라 돌다.
2) 濃煙(농연) : 짙은 연기. 향 연기를 가리킨다.
漏泄(누설) : 스미다. 새어나오다.
3) 斜燈(사등) : 비스듬하게 기울어진 등불.
光(광) : 빛 그림자.
參差(참치) : 들쭉날쭉한 모양.
4) 堪(감) : 견디다.
惆悵(추창) : 슬퍼하다. 상심하다.
5) 細雨(세우) : 가랑비.

【해설】

이 시는 저무는 봄날 여인의 슬픔을 노래하고 있다.
제1~2구에서는 발 밖으로 새어 나오는 짙은 향 연기와 들쭉날쭉한

대나무 그림자를 만들어내는 기울어진 등불을 통해, 여인의 억제할 수 없는 깊은 시름과 평탄치 않은 기구한 운명을 비유적으로 나타내고 있다. 제3~4구에서는 회랑을 거닐며 슬픔을 견뎌보려 하지만, 가랑비 속에 지는 꽃잎들을 바라보며 오히려 시름이 더욱 깊어짐을 말하고 있다.

9. 나막신

자그마한 것이 둥글둥글 아름답고 윤기 흐르니
흰 비단에 수놓은 나막신이 붉은 받침대에 있네.
남조의 천자는 풍류가 부족하였으니
황금 연꽃만 중시하고 초록 나막신은 경시하였네.

屐子[1]

方寸膚圓光緻緻,[2] 白羅繡屟紅托裏.[3]
南朝天子欠風流,[4] 卻重金蓮輕綠齒.[5]

【주석】

1) 屐子(극자) : 나막신. '목극木屐'이라고도 한다.

2) 方寸(방촌) : 사방 한 치. 크기가 매우 작은 것을 의미한다.
膚圓(부원) : 아름답고 둥글다. '부膚'는 '미美'의 뜻이다.
緻緻(치치) : 윤기가 흐르는 모양.

3) 白羅(백라) : 흰 비단. 나막신 위쪽의 비단으로 된 신발 부분을 가리킨다.
繡屟(수섭) : 수를 넣어 장식한 나막신. 또는 나막신의 수놓은 안창으로 볼 수도 있다.
托(탁) : 받침대. 신발 받침대를 가리킨다.

4) 南朝天子(남조천자) : 남조南朝 제齊나라의 동혼후東昏侯. 사치스러운 생활을 하며 여러 비빈妃嬪들과 어울려 날마다 연회를 즐겼다고 한다.
欠(흠) : 부족하다. 결핍되다.

5) 金蓮(금련) : 황금 연꽃. 여기서는 반비潘妃를 비유한다. 제齊 동혼후東昏侯가 황금을 새겨 연꽃을 만들어 땅에 붙이고 반비潘妃로 하여금 그 위를 지나가게 하고는 “걸음마다 연꽃이 생겨났구나.”라 말한 것에서 유래하였다.
綠齒(녹치) : 초록 나막신의 굽. 여기서는 다른 궁녀들을 비유한다. ‘치齒’는 나막신 바닥에 댄 굽을 의미하며, 여기서는 나막신을 가리킨다. ≪남사南史 · 제본기하齊本紀下 · 폐제동혼후기廢帝東昏侯紀≫에 “매번 놀러 다닐 때마다 반씨는 작은 가마를 타고 궁인들은 모두 잠방이를 드러내고 푸른 실로 만든 신발을 신었으며, 황제는 융복을 입고 말을 타고서 뒤를 따랐다.(每游走, 潘氏乘小輿, 宮人皆露褌, 著綠絲屩, 帝自戎服騎馬從後)”라 하였다.

【해설】

이 시는 나막신을 노래한 영물시詠物詩로, 나막신의 곱고 아름다운 모습에 자신을 기탁하며 그 가치를 알아주지 못함을 아쉬워하고 있다.

제1~2구에서는 작고 둥글며 윤기가 흐르는 나막신으로 자신의 아름다운 모습을 비유하고 있다. 제3~4구에서는 동혼후東昏侯가 반비에게만 빠져 다른 궁녀들의 아름다움은 알지 못했음을 말하며 임이 자신을 알아주지 못하는 것을 안타까워하고 있다.

10. 청춘

눈빛과 마음으로 뜻이 통하는 것이 끝내 그치지 않아
마침내 남몰래 나의 방에서 만나려 하였건만,
세월은 나를 저버려 만나기 어렵고
감정은 사람을 얽매어 자유롭지 못하네.
기나긴 밤 분명 향기로운 무릎 덮개를 싫어하고
번민할 때 응당 옥비녀 만지작거리시겠지.
벚꽃 복사꽃 지고 배꽃은 피어나니
애끓는 청춘들이 두 곳에서 시름겨워하네.

青春

眼意心期卒未休,[1]　暗中終擬約秦樓.[2]
光陰負我難相遇,[3]　情緒牽人不自由.[4]
遙夜定嫌香蔽膝,[5]　悶時應弄玉搔頭.[6]
櫻桃花謝梨花發,[7]　腸斷青春兩處愁.[8]

【주석】

1) 眼意心期(안의심기) : 눈으로 뜻을 전하고 마음으로 기약하다. 사랑하는 사람끼리 눈빛과 마음으로 뜻이 통하는 것을 가리킨다. '안약심기眼約心期'라고도 한다.
休(휴) : 그치다. 그만두다.
2) 擬(의) : ~하려 하다.
秦樓(진루) : 춘추시기 진秦 목공穆公이 그의 딸 농옥弄玉을 위해

지어준 누대 이름. 농옥이 이곳에서 통소를 불면 봉황이 날아와 노닐었다고 하여 '봉루鳳樓'라고도 한다. 여기서는 여인이 거처하는 곳을 가리킨다.

3) 負我(부아) : 나를 저버리다.
4) 牽人(견인) : 사람을 끌어당기다. 얽매다.
5) 遙夜(요야) : 긴 밤.
   嫌(혐) : 싫어하다.
   蔽膝(폐슬) : 무릎 덮개. 옷 앞에 덧대어 연결하여 무릎을 가리는 천. 여기서는 편안하고 안락한 생활을 비유한다.
6) 悶時(민시) : 번민할 때.
   弄(농) : 가지고 놀다. 만지작거리다.
   搔頭(소두) : 비녀. 여인이 준 비녀를 가리킨다.
7) 謝(사) : 시들다. 지다.
8) 腸斷(장단) : 애가 끊어지다.
   兩處(양처) : 두 곳. 두 사람이 각각 떨어져 있는 곳을 가리킨다.

【해설】

이 시는 임을 그리워하면서도 만나지 못하는 여인의 슬픔을 노래하고 있다.

제1~2구에서는 눈빛과 마음으로 서로 뜻을 통하다 마침내 견디지 못하고 은밀히 자신의 방에서 임과 만나기로 약속하려 했음을 말하고 있다. 제3~4구에서는 만남이 실현되지 못한 채 헛되이 시간만 흘러가고 그리움으로 인해 아무것도 할 수 없음을 말하고 있다. 제5~6구에서는 임의 모습을 상상하며 임 또한 긴 밤을 쓸쓸히 지내며 번민 속에 자신을 그리워하고 있으리라 생각하고 있다. 마지막 제7~8구에서는 봄이 다 가도록 서로가 그리움에 시름겨워하고 있음을 말하며 자신들의 박복한 운명과 가혹한 현실을 탄식하고 있다.

11. 빗소리를 들으며

향기는 무릎 덮개에 스미고 밤 추위는 가벼운데
빗소리 들으며 봄을 슬퍼하며 잠을 이루지 못하네.
비단 휘장 사방에 드리우고 붉은 촛불 돌아누우니
베개에 옥비녀 부딪히는 소리 들리네.

聞雨

香侵蔽膝夜寒輕,[1] 聞雨傷春夢不成.[2]
羅帳四垂紅燭背,[3] 玉釵敲著枕函聲.[4]

【주석】

1) 蔽膝(폐슬) : 무릎 덮개.
2) 夢不成(몽불성) : 꿈을 이루지 못하다. 잠이 오지 않는 것을 말한다.
3) 羅帳(나장) : 비단 휘장.
背(배) : 등지다. 돌아눕다.
4) 玉釵(옥채) : 옥으로 만든 쌍갈래비녀.
敲著(고착) : 두드리다. 부딪히다.
枕函(침함) : 물건을 담을 수 있도록 만든 베개.

【해설】

이 시는 비 오는 봄밤 홀로 잠 못 드는 여인의 외로움을 노래하고 있다.

제1~2구에서는 홀로 향을 피운 채 봄밤의 빗소리를 들으며 잠 못 이루고 있는 여인의 모습이 나타나 있다. 제3~4구에서는 침실에 둘러쳐진 비단 휘장과 등지고 누운 붉은 촛불을 통해 임과 함께 있지 못하는 외로움이 불면의 원인임을 말하고, 베개에 부딪히는 비녀 소리로 밤새 잠 못 이루고 뒤척이는 여인의 모습을 나타내고 있다.

12. 일어나기 싫어

검은지빠귀 아침잠을 깨우니
춘심은 몇 번이고 요동치는데
얼굴의 베개 자국에 노을 문양은 암담하고
눈물 젖은 분가루에 옥빛은 시들었네.
수놓은 향로 덮개 속 향 연기는 그치고
병풍 앞 촛대의 불꽃은 사위었으니
따뜻할 땐 비단 버선 끼이는 것이 싫더니
몸 야위니 비단옷 헐렁함을 느끼네.
어젯밤 삼경에 비 내리고
오늘 아침 한차례 추위 닥치니
해당화가 남아 있는지
모로 누워 발 걷고 바라보네.

懶起

百舌喚朝眠,[1]　春心動幾般.[2]
枕痕霞黯澹,[3]　淚粉玉闌珊.[4]
籠繡香煙歇,[5]　屛山燭焰殘.[6]
暖嫌羅襪窄,[7]　瘦覺錦衣寬.[8]
昨夜三更雨,　今朝一陣寒.[9]
海棠花在否,[10]　側臥卷簾看.[11]

【주석】

1) 百舌(백설) : 새 이름. 검은지빠귀. 혀를 놀려 백 가지 소리를 낸다고 하여 붙여진 이름이다.

2) 春心(춘심) : 이성을 그리워하는 마음.
幾般(기반) : 몇 번. '기회幾回'와 같다.

3) 枕痕(침흔) : 베개 흔적. 자고 일어난 얼굴에 찍힌 베개 자국을 가리킨다.
黯澹(암담) : 어둡다. 흐릿하다.

4) 淚粉(누분) : 눈물에 젖은 분가루.
闌珊(난산) : 시들다. 쇠락하다.

5) 籠繡(농수) : 수놓은 향로 덮개. '롱籠'은 옷에 향을 입히는 향로 덮개인 '훈롱熏籠'을 가리키며 주로 대나무로 만든다.
歇(헐) : 그치다. 다하다.

6) 屛山(병산) : 병풍. 병풍의 겹쳐진 모습이 산과 같다고 하여 붙여진 이름으로, '소산小山'이라고도 한다.
燭焰(촉염) : 촛대의 불꽃.

7) 羅襪(나말) : 비단 버선.
窄(착) : 좁다. 끼이다.

8) 錦衣(금의) : 채색 비단옷.

9) 一陣(일진) : 한바탕. 한차례.

10) 海棠(해당) : 장미과의 낙엽관목. 늦봄에서 초여름 사이에 홍자紅紫색의 꽃이 피며, 바닷가 모래땅에서 많이 자란다.

11) 側臥(측와) : 옆으로 눕다.

【해설】

이 시는 임과 헤어져 홀로 있는 여인의 외로움과 슬픔을 노래하고 있다.

제1~4구에서는 새 울음소리에 잠에서 깨니 임 생각이 다시금 요동치게 됨을 말하며, 얼굴에 남아 있는 어두운 베개 자국과 눈물 젖은 초췌한 낯빛을 통해 간밤의 길고도 깊었던 번민과 슬픔을 나타내고 있다. 제5~8구에서는 향이 꺼지고 촛불도 이미 사위어버린 상황으로 임과 만날 수 없는 절망감을 나타내고 야위어 수척해진 모습으로 시름의 깊이를 시각적으로 그려내고 있다. 제9~12구에서는 간밤에 내린 비와 갑자기 차가워진 아침 날씨에 행여 해당화가 지지는 않았을까 걱정하며 내다보고 있는 여인의 모습이 나타나 있다. 잠자리에서 일어나지 않고 모로 누워 발만 걷은 채 밖을 보고 있는 여인의 모습에서 깊은 무력감이 느껴진다.

13. 이미 서늘해져

푸른 난간 밖에 수놓은 발 드리우고
선홍빛 병풍에 잘린 가지를 그렸네.
팔 척 용수초 돗자리에 네모난 비단 요,
날씨는 이미 서늘해졌지만 아직 차갑지는 않은 때라네.

已涼

碧闌干外繡簾垂,[1]　猩血屛風畫折枝.[2]
八尺龍鬚方錦褥,[3]　已涼天氣未寒時.

【주석】

1) 闌干(난간) : 다리나 건물 가장자리에 추락을 방지하기 위해 설치한 구조물. '난간欄干', 혹은 '난간欄杆'이라고도 한다.
2) 猩血(성혈) : 성성이 피. 짙은 붉은 색을 가리킨다. 성성이는 오랑우탄을 가리키는 말이다.
折枝(절지) : 잘린 가지. 화초를 그리는 화법의 하나로, 나무 전체를 그리지 않고 가지 부분만을 잘라 그리는 것을 가리킨다.
3) 龍鬚(용수) : 풀 이름. 줄기를 엮어 돗자리를 만든다.
方(방) : 네모나다.
錦褥(금욕) : 비단 요.

【해설】

이 시는 계절의 변화에 대한 감회를 노래한 것으로, 경물과 기물의 교묘한 대비를 통해 여름에서 가을로의 계절의 변화를 특징적으로 나타내고 있다.

제1~2구에서는 방 밖과 방 안의 경물을 푸른색과 붉은색의 색채 대비를 통해 묘사하고 있으며, 제3~4구에서는 아직 바닥에 깔린 돗자리와 그 위에 놓인 비단 요를 함께 묘사하며 지금이 여름에서 가을로 접어드는 시기임을 나타내고 있다.

14. 떠나려만 하네

창 너머로 수많은 말 나누며
답청할 때를 거듭 기약했었네.
마침내 서로 만나는 곳 얻기는 하였건만
그대는 떠나려 하지 않는 때가 없었네.
회한은 깊어 글로 다 쓸 수 없고
사랑은 지극하지만 생각엔 의심만 많다네.
슬프도다, 도화원의 길이여
다만 꿈속에서나 알 수 있을 뿐이라네.

欲去

紛紜隔窗語,[1] 重約蹋青期.[2]
總得相逢處,[3] 無非欲去時.
恨深書不盡, 寵極意多疑.[4]
惆悵桃源路,[5] 惟教夢寐知.[6]

【주석】

1) 紛紜(분운) : 분분하고 번다한 모양.
隔窗語(격창어) : 창을 사이에 두고 떨어져 나누는 말.
2) 蹋青期(답청기) : 봄에 푸르게 돋아난 풀을 밟고 노니는 시기. '답청踏青'이라고도 한다. 고대에는 청명절淸明節을 답청절踏青節이라 하고, 이때를 빌어 청춘남녀들이 회합하여 즐기곤 하였다.
3) 總(총) : 마침내. 결국.

4) 寵極(총극) : 사랑이 지극하다.

意多疑(의다의) : 생각에 의심이 많다. 여인이 남자의 마음을 믿지 못함을 말한다.

5) 桃源路(도원로) : 도화원桃花源으로 가는 길. 즉 여인의 이상향을 가리키며, 여기서는 남자와 진정한 사랑을 나누는 것을 의미한다.

6) 夢寐(몽매) : 꿈속.

【해설】

이 시는 사랑하는 사람의 진심을 알 수 없어 안타깝기만 한 여인의 심정을 노래하고 있다.

제1~2구에서는 임을 그저 창 너머로만 바라보며 많은 사랑의 말들을 나누다가 답청일에 함께 만나기로 기약하였음을 말하고 있다. 제3~4구에서는 마침내 임을 만났으나 임은 그저 떠나려는 마음밖에 없었음을 말하며 임에 대한 실망과 서운함을 나타내고 있다. 제5~6구에서는 글로 다 쓸 수 없는 회한에 가슴 아파하며 임의 무심함으로 인해 임의 사랑까지 의심하게 되었음을 안타까워하고 있다. 마지막 제7~8구에서는 임과 진정한 사랑을 함께 하기를 갈구하나 현실에서는 이루어질 수 없는 꿈에 불과함을 슬퍼하고 있다.

15. 횡당

가을 한기가 등에 끼얹다 발에 들어와 서리 맺히고
봉황 다리 같은 등불은 밝아 규방을 비추네.
촉 땅 종이와 사향먹은 붓의 흥취를 더하고
월 땅 다기와 계수나무 꽃은 차 향기를 발하네.
바람에 날려 어지러운 점으로 경주는 뒹굴고
박자에 맞춰 급한 현 소리로 곡조는 길게 이어지네.
객들 흩어져 문을 나서니 달은 기울어 있고
두 눈썹에 시름 가득한 채 횡당 소식 물어보네.

橫塘[1]

秋寒灑背入簾霜,[2]　鳳脛燈淸照洞房.[3]
蜀紙麝煤沾筆興,[4]　越甌犀液發茶香.[5]
風飄亂點更籌轉,[6]　拍送繁弦曲破長.[7]
散客出門斜月在,　兩眉愁思問橫塘.

【주석】

1) 橫塘(횡당) : 제방 이름. 삼국시기 오吳나라 때 건업建業(지금의 강소성江蘇省 남경시南京市) 남쪽 회수淮水 가에 쌓아 백성들이 거주하게 하였다.

2) 灑背(쇄배) : 등에 물을 끼얹다. 등에 한기寒氣가 느껴지는 것을 말한다.

3) 鳳脛燈(봉경등) : 받침이 봉황의 다리 모양과 같은 등.

洞房(동방) : 깊숙한 곳에 있는 방. 여인의 거처를 가리킨다.

4) 蜀紙(촉지) : 촉蜀 지역에서 생산되는 고급의 종이. 색은 회백색이며 바탕에 물고기 문양이 있어 '어전魚箋', 또는 '어자전漁子箋'이라고도 한다.

麝煤(사매) : 사향麝香이 나는 향기로운 먹.

5) 越甌(월구) : 월越 지역에서 생산되는 고급의 다기茶器.

犀液(서액) : 무소의 침. 계수나무 꽃을 가리키며, 계수나무를 '목서木犀'라 한 것에서 유래하였다. 가을에 꽃이 피며 향이 진하여 차의 재료나 식용향료로 사용된다.

6) 更籌(경주) : 밤 시각을 알리는 도구. 끝이 뾰족한 대나무 살에 각각 시각이 쓰여 있으며, 물시계의 시각에 따라 각 시간에 해당하는 경주를 궁중으로 들여보내어 시각을 알렸다.

7) 繁弦(번현) : 빠르고 급하게 연주되는 현악기 소리.

曲破(곡파) : 당송대 악곡의 이름. 대곡大曲의 제3단을 '파破'라 하는데, 이것만을 따로 연주하는 것을 '곡파曲破'라 한다. 박자와 리듬이 매우 급하며 여기에 맞추어 노래를 부르거나 춤을 출 수 있다.

【해설】

이 시는 가을밤에 임과 헤어져 지내는 여인의 일상과 임을 향한 그리움을 노래하고 있다. 시에서 여인은 지인들과 밤새 함께 어울리며 외로움을 달래 보려 하지만 끝내 임에 대한 걱정과 근심을 지우지 못하고 있다.

제1~2구에서는 한기가 느껴지고 발에 서리가 맺히는 가을밤에 밝게 등불이 켜져 있는 여인의 방을 묘사하고, 제3~4구에서는 그 안에서 여인이 붓글씨를 쓰고 차를 마시며 홀로 외로움을 달래고 있음을 말하고 있다. 제5~6구에서는 외로움을 잊고자 지인들과 함께 밤새도록 연회를 벌이고 있는 모습으로 앞 연에서의 적막함과 대비시키고 있다. 마지막 제7~8구에서는 하늘의 기운 달로 오랫동안 이어진 연회의 시간을 나타내고, 돌아가는 객들에게 임 계신 횡당의 소식을 물어보는 모습을 통해 어찌해도 잊을 수 없는 마음속 시름과 임을 향한 그리움을 나타내고 있다.

16. 오경

옛날 일찍이 울금 침대에서 함께 할 것을 약속하여
한밤중 몸 숨겨 규방으로 들어왔었지.
품속에서 이마의 금장식 떨어지는 줄도 모르고
어둠 속에서 수놓은 신발 향기만 느꼈다네.
이때 이별하려 하면 혼은 함께 끊어졌고
이후 서로 만나면 눈은 더욱 미칠 것 같았네.
그 모습들 이내 사라지고 슬픔만 남았으니
일생토록 얻은 것은 처량함뿐이라네.

五更

往年曾約鬱金牀,[1] 半夜潛身入洞房.[2]
懷裏不知金鈿落,[3] 暗中唯覺繡鞋香.[4]
此時欲別魂俱斷,[5] 自後相逢眼更狂.[6]
光景旋消惆悵在,[7] 一生贏得是凄涼.[8]

【주석】

1) 鬱金牀(울금상) : 울금鬱金으로 칠한 침대. 아름답고 향기로운 침대를 의미한다. 울금은 향초 이름으로, 술에 담가 먹으면 향이 스미고 맛도 깊어진다. 뿌리줄기는 염료로도 사용되며, 말린 뿌리는 '강황薑黃'이라 하여 약재로 쓰인다.
2) 洞房(동방) : 규방. 여인의 방.
3) 金鈿(금전) : 여인의 이마에 붙이는 금색 장식. 화전花鈿을 가리킨다.

4) 繡鞋(수혜) : 아름답게 수놓은 신발. 여기서는 남자의 신발을 가리킨다.
5) 此時(차시) : 이 때. 제목에서 말한 오경五更을 가리킨다.
   魂俱斷(혼구단) : 혼이 함께 끊어지다. 두 사람 모두 이별을 아쉬워하며 슬퍼하였음을 말한다.
6) 眼更狂(안갱광) : 눈이 더욱 미치다. 감정이 북받쳐 정신을 차릴 수 없음을 말한다.
7) 旋消(선소) : 이내 사라지다. 오래가지 않다.
8) 贏得(영득) : 얻다.

【해설】

이 시는 옛날 임과의 행복했던 시절을 회상하며 사랑이 깨어져 버린 현실을 슬퍼하고 있다.

제1~6구에서는 임과의 옛날의 만남과 당시의 감정들을 회상하고 있다. 제1~2구에서는 다른 사람의 눈을 피해 한밤중 임을 자신의 방으로 불러 함께 사랑을 나누었음을 말하고, 제3~4구에서는 임과의 뜨거웠던 밀회의 상황을 촉각과 후각의 대비를 통해 나타내고 있다. 제5~6구에서는 이별할 때는 미련과 아쉬움으로 혼이 끊어질 듯 서로 아파하였고, 서로를 향한 애틋함은 다시 만났을 때 미친 듯한 열병으로 폭발되었음을 말하고 있다. 마지막 제7~8구에서는 이 모든 일이 순식간에 지나가 버리고 이제는 슬픔만 남았음을 말하며 홀로 남은 자신의 처량한 신세를 한탄하고 있다.

17. 연철체

담장 두른 집에 가을 달은 날마다 길어지고
추사일 전날 기러기 한 마리 요양 땅에서 날아왔네.
농산으로 옷 지어 보내는 것이야 해마다 있는 일이지만
가을 다듬이소리 싫으니 애끊는 마음 두드리기 때문이네.

聯綴體[1]

院宇秋明日日長,[2]　　社前一雁到遼陽.[3]
隴頭針線年年事,[4]　　不喜寒碪擣斷腸.[5]

【주석】

1) 聯綴體(연철체) : 의미상 두 구句를 하나로 연결하여 짓는 시의 형식.
2) 院宇(원우) : 담장이 둘러쳐진 집. 여기서는 외부와 단절된 공간으로서의 여인의 거처를 비유한다.
日日長(일일장) : 날마다 길어지다. 가을이 되어 밤이 점점 길어지는 것을 말한다.
3) 社前(사전) : 사일社日 전날. 여기서는 추사일秋社日을 가리킨다. 고대에 입춘立春과 입추立秋 후의 다섯 번째 무일戊日을 각각 춘사일, 추사일이라 하였으며, 이날 토지신에게 제사를 지내어 한해의 풍년을 기원하고 수확에 감사하였다.
遼陽(요양) : 지금의 요녕성遼寧省 대료하大遼河 동쪽 지역. 당대 동북 변방의 중심지였다.
4) 隴頭(농두) : 농산隴山. 감숙성甘肅省과 섬서성陝西省에 걸쳐 있는 산으로, 서북 변방 지역을 가리킨다.

針線(침선) : 바느질. 여기서는 남편에게 보낼 겨울옷을 만드는 것을 가리킨다.

5) 寒碪(한침) : 차가운 가을의 다듬이소리.

【해설】

이 시는 변방으로 남편을 종군 보낸 여인의 슬픔을 노래하고 있다. 제목에서 비록 연철체連綴體라 하고 있지만 그 특징은 크게 드러나 보이지 않는다.

제1~2구에서는 가을이 되어 밤이 점점 길어지면서 변방으로 종군 나간 남편에 대한 그리움이 더욱 깊어짐을 말하고, 추사일이 되어 북쪽 변방에서 날아온 기러기를 통해 한 해가 저물도록 돌아오지 않는 남편과 대비시키고 있다. 제3~4구에서는 늦가을이 되어 남편에게 보낼 겨울옷을 만드는 일이 해마다 계속되고 있음을 말하며, 다듬이소리에 회한과 그리움을 담아 재회의 기약 없는 이별을 슬퍼하고 있다.

18. 비몽사몽

거울 드는 것도 무거워 싫고
옷 갈아입는 것도 추워서 두렵네.
밤 깊도록 침대로 돌아오지 않으시니
비몽사몽 간에 임을 보려 기다리네.

半睡

擡鏡仍嫌重,[1] 更衣又怕寒.[2]
宵分未歸帳,[3] 半睡待郎看.[4]

【주석】

1) 擡鏡(대경) : 거울을 들다.
2) 更衣(경의) : 옷을 갈아입다.
3) 宵分(소분) : 깊은 밤. 한밤중.
帳(장) : 침대 휘장.
4) 半睡(반수) : 반쯤 잠들다. 비몽사몽한 가수면假睡眠 상태를 말한다.

【해설】

이 시는 밤늦도록 돌아오지 않는 낭군을 기다리는 여인을 노래하고 있다.

제1~2구에서는 임이 없어 거울 들어 화장하는 것도 싫고, 옷 갈아입고 치장하는 것도 내키지 않는 여인의 무력감을 말하고 있다. 제3~4구에서는 밤늦도록 돌아오지 않는 임을 기다리며 졸음을 참고 있는 여인의 모습을 통해 임에 대한 사랑과 그리움을 나타내고 있다.

19. 한식날 밤

맑은 강과 푸른 풀은 둘 다 아득히 이어져
각자 풍취가 있건만 시름겹기는 매 한 가지라네.
마침 꽃 지는 한식날 밤,
깊은 밤 짝도 없이 남쪽 누각에 기대어 있네.

寒食夜

清江碧草兩悠悠,[1]　　各自風流一種愁.[2]
正是落花寒食夜,　　夜深無伴倚南樓.

【주석】

1) 悠悠(유유) : 아득히 멀리 이어지는 모양.
2) 風流(풍류) : 풍취. 봄의 정취를 가리킨다.
一種愁(일종수) : 한 가지 시름. 모두가 시름겹기는 마찬가지라는 의미이다.

【해설】

이 시에는 한식날 밤이 깊도록 홀로 잠 못 이루는 여인의 시름이 나타나 있다.

제1~2구에서는 맑은 강을 따라 푸른 풀이 아득히 이어지고 있는 아름다운 경관에서 오히려 시름을 느끼고 있음을 말하고 있다. 이어 제3~4구에서는 밤 깊도록 홀로 누각에 기대어 있는 모습을 통해 짝도 없이 홀로 지내는 봄이 시름의 원인임을 말하고, 지는 꽃으로 헛되이 저물어가는 청춘을 비유하고 있다.

20. 꽃을 애도하며

일찍이 정향나무 꽃망울 더디 핌을 근심하였는데
지금은 어여쁜 붉은 꽃이 땅에 지는 때라네.
만약 정이 있다면 어찌 애도하지 않으리?
간밤 비바람이 서시를 땅에 묻었구나.

哭花

曾愁香結破顔遲,[1]　今見妖紅委地時.[2]
若是有情爭不哭,[3]　夜來風雨葬西施.

【주석】

1) 香結(향결) : 정향丁香나무의 꽃. 색이 붉으며 열매는 향유香油나 방향제로 쓰인다.
破顔(파안) : 얼굴을 펴다. 꽃망울을 터뜨리는 것을 가리킨다.

2) 委地(위지) : 시들어 땅에 떨어지다.

3) 爭不(쟁불) : 어찌 ~하지 않으리?
哭(곡) : 조곡弔哭하다. 시들어 떨어진 꽃을 조상弔喪하는 것을 가리킨다.

4) 葬(장) : 장사지내다. 땅에 묻다.
西施(서시) : 춘추시기 월越나라의 미녀. 여기서는 정향나무의 꽃을 비유한다. ≪오월춘추吳越春秋≫에 따르면 서시西施는 본래 저라산苧蘿山에서 땔나무를 팔던 사람의 딸이었다. 월왕越王 구천勾踐이 오나라와의 전투에서 패배하여 와신상담하고 있을 때 오왕吳王 부차夫差가 여색을 좋아함을 알고 미인계를 써서 정사를 어지럽히고

자 하였다. 이에 서시와 정단鄭旦을 뽑아 3년을 다듬고 가르쳐서 범려范蠡를 통해 부차에게 바쳤고, 부차는 이들에게 미혹되어 실정을 일삼다 마침내 월나라에 멸망하였다. 서시는 후에 범려를 따라 오호五湖로 들어가 살았다고 한다.

【해설】

이 시는 더디 피었다가 이내 저버린 정향나무 꽃을 애도하며 꽃처럼 유한하고 짧은 인생을 슬퍼하고 있다.

제1~2구에서는 더디 피어 마음 졸이게 했던 정향나무 꽃이 어느새 피어 시들어버렸음을 말하며, 인생의 화려하고 아름다운 시절 또한 오래가지 않음을 비유적으로 나타내고 있다. 제3~4구에서는 간밤 비바람에 떨어진 꽃을 애도하며 그 아름다움을 서시西施에 비유하고 있다.

21. 다시 곡강을 노닐며

채찍 어지러이 휘두르다 남몰래 가슴 아파하니
옛 흔적 찾기 어렵고 이슬 맺힌 풀만 푸르네.
일찍이 밝은 달 지나던 곳은 같은데
드넓은 가을 물에 부평초는 넘쳐나네.

重遊曲江[1]

鞭梢亂拂暗傷情,[2]　蹤跡難尋露草青.[3]
猶是玉輪曾輾處,[4]　一泓秋水漲浮萍.[5]

【주석】

1) 曲江(곡강) : 곡강지曲江池. 지금의 섬서성陝西省 서안시西安市 동남쪽 곡강진曲江鎭에 있다. 한漢 무제武帝 때 이곳에 의춘원宜春苑이라는 동산을 만들었으며, 수대에는 연못의 이름을 부용지芙蓉池로 바꾸고 동산의 이름을 부용원芙蓉苑으로 바꾸었다가 당대에 다시 곡강지로 바꾸었다. 삼짇날이나 중양절 같은 명절 때 귀족들이 이곳에서 연회를 벌이거나 과거 급제자들을 위한 축하연이 열리는 등 당대 최고의 명승지였다. 당대 말에 이미 말라버렸고 지금은 옛터만 남아 있다.

2) 鞭梢(편초) : 채찍.
亂拂(난불) : 어지러이 휘두르다. 말을 타고 곡강의 이곳저곳을 돌아다니는 것을 말한다.

3) 蹤跡(종적) : 자취. 옛날에 와서 노닐었던 흔적들을 가리킨다.

4) 猶是(유시) : ~같다. 여전히 ~하다.

玉輪(옥륜) : 옥 같은 수레바퀴. 밝은 달을 가리킨다. 달의 모양이 수레바퀴와 같아 이와 같이 불렀다.

輾(전) : 구르다. 뒹굴다.

5) 泓(홍) : 물이 깊고 드넓은 모양.

漲(장) : 넘치다. 불어나다.

浮萍(부평) : 물 위에 떠다니는 풀. 부평초浮萍草. 여기서는 임을 향한 여인의 그리움을 비유한다.

【해설】

이 시에서는 옛날 임과 노닐던 곡강에 다시 가 옛날의 추억을 회상하고 있다.

제1~2구에서는 다시 곡강에 놀러 가 이곳저곳을 돌아다니며 임과 함께 노닐었던 기억들을 떠올려 보지만, 추억의 흔적들은 이미 다 사라져 버리고 풀만 무성함을 말하고 있다. 남몰래 아파하는 모습에서 이들의 은밀한 사랑을 짐작할 수 있으며, 이슬 맺힌 푸른 풀에서 상심의 눈물을 흘리고 있는 여인을 느낄 수 있다. 제3~4구에서는 옛날 함께 달을 바라보았던 곳은 여전하지만 풍경은 그때와는 달라졌음을 말하고, 가을물 가득 넘쳐나는 부평초로 임을 향해 날로 커져만 가는 그리움을 나타내고 있다.

22. 멀리서 보고

슬피 노래 부르니 눈물은 옅은 화장 적시고
하릴없이 서 있으니 바람은 금실 옷에 불어오네.
백옥당 동쪽, 멀리서 본 후로
홀연 양귀비 그린 사람을 경시하게 되었네.

遙見

悲歌淚濕澹胭脂,[1] 閑立風吹金縷衣.[2]
白玉堂東遙見後,[3] 令人斗薄畫楊妃.[4]

【주석】

1) 澹(담) : 옅다. 담백하다.
   胭脂(연지) : 입술연지. 여기서는 화장을 가리킨다.
2) 閑立(한립) : 하릴없이 서 있다. 마음이 안정되지 않은 것을 가리킨다.
   金縷衣(금루의) : 금실로 수놓은 옷.
3) 白玉堂(백옥당) : 전설상 신선의 거처. 여기서는 여인이 거처를 가리킨다.
4) 斗(두) : 홀연. 문득.
   薄(박) : 가볍게 여기다. 경시하다.
   楊妃(양비) : 양귀비楊貴妃. 당 현종의 후궁으로 귀비에 봉해졌다. 당대 최고의 미녀로 꼽힌다.

【해설】

이 시는 슬픈 모습의 아름다운 여인을 바라보며 연민과 흠모를 나타내고 있다.

제1~2구에서는 슬피 노래 부르며 눈물짓고 시름에 겨워 홀로 바람을 맞으며 서 있는 여인의 모습을 묘사하고 있다. 옅은 화장에 금실로 수놓은 화려한 옷을 입고 있는 여인의 모습에서 단아한 풍모를 지닌 부귀한 집안의 여인임을 짐작할 수 있다. 제3~4구에서는 먼저 여인의 거처를 백옥당白玉堂이라 칭하며 여인을 선녀仙女로 높이고 있다. 이어 멀리서 그녀의 모습을 보고 난 후에는 양귀비를 미인으로 여기고 초상을 그렸던 화공을 경시하게 되었음을 말하며 여인의 빼어난 미모를 칭송하고 있다.

23. 초가을

밤새 부는 맑은 바람은 부채의 시름 일으키니
이별할 때 낯빛에는 초가을이 들어왔네.
복사꽃 얼굴에 그렁그렁한 눈물,
깊은 밤까지 참았다가 베갯머리에 흘리네.

新秋

一夜清風動扇愁,[1]　背時容色入新秋.[2]
桃花臉裏汪汪淚,[3]　忍到更深枕上流.[4]

【주석】

1) 淸風(청풍) : 맑고 서늘한 바람. 가을바람을 가리킨다.
扇愁(선수) : 부채의 시름. 사랑을 잃은 여인의 슬픔을 의미한다. 한漢 성제成帝 때 황제의 총애를 받다 조비연趙飛燕, 조합덕趙合德 자매의 모략에 의해 허황후許皇后와 함께 장신궁에 유폐되었던 반첩여班婕妤의 시에서 유래하였다. 반첩여는 〈원망의 노래怨歌行〉에서 "새로 제 땅의 흰 비단 끊으니 눈서리처럼 희고 깨끗하네. 마름질해 합환선을 만드니 밝은 달처럼 둥글둥글하네. 그대 품과 소매 드나들며 살랑살랑 미풍 일으키지만, 가을 되어 찬바람이 더위를 앗아가 버릴까 늘 두려워하네. 상자 속에 버려져 사랑이 중도에 끊어질 터이기에.(新裂齊紈素, 皎潔如霜雪. 裁爲合歡扇, 團團似明月. 出入君懷袖, 動搖微風發. 常恐秋節至, 涼飇奪炎熱. 棄捐篋笥中, 恩情中道絶)"라 하며 가을 되어 쓸모없이 버려지는 부채에 자신의 불우한 신세를 기탁하였다.

2) 背時(배시) : 이별할 때.
3) 汪汪(왕왕) : 눈물이 그렁그렁한 모양.
4) 更(경) : 밤의 시간 단위. 고대에 밤을 오경五更으로 나누어 구분하였다.
   枕上(침상) : 베갯머리.

【해설】

이 시는 사랑을 잃고 버림받은 여인의 슬픔을 노래하고 있다.

제1~2구에서는 찬 바람이 불어 버려진 부채를 통해 버림받은 여인의 신세를 말하고, 임과 이별할 때 여인의 얼굴에 들어온 가을빛으로 여인이 받은 충격과 시름의 깊이를 시각적으로 나타내고 있다. 제3~4구에서는 복사꽃에 여인의 아름다운 얼굴을 비유하고, 눈물만 가득한 채 차마 슬픔을 드러내지 못하다 깊은 밤 홀로 누운 잠자리에서 오열하는 모습을 나타내고 있다.

24. 궁궐의 노래

수놓은 치마 입고 기대어 선 채 넋이 나가 있으니
시녀가 등을 옮기고 궐문을 닫아버려서라네.
제비는 오지 않고 꽃에는 빗방울 맺혀 있으니
봄바람은 응당 황혼을 원망하리.

宮詞

繡裙斜立正銷魂,[1] 侍女移燈掩殿門.[2]
燕子不來花著雨,[3] 春風應自怨黃昏.[4]

【주석】

1) 斜立(사립) : 비스듬히 서다. 시름겨워 기대어 서 있는 것을 가리킨다. 銷魂(소혼) : 혼을 녹이다. 깊은 슬픔에 넋이 나가서 멍하게 있는 모습을 가리킨다.
2) 移燈(이등) : 등을 옮기다. 임금의 침소가 다른 곳으로 정해진 것을 말한다.
3) 燕子(연자) : 제비. 여기서는 임금을 가리킨다.
4) 春風(춘풍) : 봄바람. 여기서는 궁녀를 가리킨다. 應自(응자) : 응당. 마땅히. '응시應是'와 같다.

【해설】

이 시는 임금의 총애를 잃은 궁녀의 회한을 노래하고 있다.

제1~2구에서는 시름에 겨워 넋이 나간 채 멍하니 서 있는 궁녀의 모습을 묘사하고, 임금의 옮겨진 침소 등불과 닫혀버린 궐문을 통해 찾아오지 않는 임금과 그로 인한 절망이 시름의 원인임을 말하고 있다. 제3~4구에서는 날아오지 않는 제비와 빗방울 맺혀 있는 꽃을 통해 여인을 찾아오지 않는 임금과 눈물 머금은 여인을 비유하고, 헛되이 지나는 아름다운 시절을 여인이 한스러워하고 하고 있으리라 생각하고 있다.

25. 답청놀이

답청놀이에서 만났다 헤어져 돌아가야 할 때
금수레는 오래도록 서서 자꾸만 오르기를 재촉하네.
치마 추스르고 쪽 머리 정돈하며 일부러 지체하니
깊은 두 마음이 각기 슬퍼 아파하네.

蹋青[1]

蹋青會散欲歸時, 金車久立頻催上.[2]
收裙整髻故遲遲,[3] 兩點深心各惆悵.[4]

【주석】

1) 蹋青(답청) : 봄에 푸르게 돋아난 풀을 밟고 노니는 놀이. '답청踏青'이라고도 하며, 이날 청춘남녀들은 교외로 나가 자유롭게 만나며 즐겼다.
2) 金車(금거) : 금빛으로 치장한 수레. 여인의 신분이 높은 것을 의미한다.
3) 收裙(수군) : 치마를 추스르다.
   整髻(정계) : 쪽 머리를 정돈하다.
   遲遲(지지) : 느릿느릿한 모양.
4) 兩點深心(양점심심) : 두 개의 깊은 마음. 헤어지는 두 남녀의 마음을 가리킨다.

【해설】

이 시는 만나서 사랑을 나누고 헤어지는 연인들의 슬픔과 아쉬움을 노래하고 있다.

제1~2구에서는 사랑하는 사람과 답청일에 만나 노닐다 헤어져 돌아가게 되었음을 말하고, 돌아갈 것을 재촉하는 수레에 원망을 나타내고 있다. 그러나 '오래도록 서 있는[久立] 수레'에서 이미 시간이 오래 지체되었음을 알 수 있다. 제3~4구에서는 차마 헤어지지 못하고 치마를 추스르거나 머리를 매만지며 일부러 시간을 지체하고 있는 모습이 나타나 있다.

26. 밤은 깊어

으슬으슬 약간의 추위에 서늘한 바람 가볍게 이니
작은 매화는 눈꽃이 날리고 살구꽃은 붉네.
밤 깊어 그넷줄 비스듬히 타는데
누각은 안개비 속에 아련풋하네.

夜深

惻惻輕寒翦翦風,[1]　　小梅飄雪杏花紅.[2]
夜深斜搭鞦韆索,[2]　　樓閣朦朧煙雨中.[4]

【주석】

1) 惻惻(측측) : 차가운 모양. 몸이 으슬으슬 떨리는 것을 가리킨다. '측측(測測)'과 같다.
   翦翦(전전) : 서늘한 바람이 가볍게 부는 모양.
2) 飄雪(표설) : 눈이 날리다. 매화꽃이 바람에 날려 떨어지는 것을 가리킨다.
3) 斜搭(사탑) : 비스듬히 타다. 그네에 올라 앞뒤로 흔들거리는 것을 말한다.
   鞦韆索(추천삭) : 그넷줄.
4) 朦朧(몽롱) : 몽롱하다. 아련풋하다.

【해설】

이 시는 봄밤 홀로 있는 여인의 외로움을 노래하고 있다.
제1~2구에서는 가벼운 바람 속에 아직은 한기가 느껴지는 봄을 촉각적으로 나타내고, 눈송이처럼 날리는 매화꽃과 붉게 피어난 살구꽃의 색채 대비를 통해 절정으로 향하고 있는 봄을 시각적으로 묘사하고 있다. 제3~4구에서는 깊은 밤 홀로 나와 그네를 타고 있는 여인의 모습을 묘사하며 안개비에 싸인 흐릿한 누각을 통해 번민과 상념이 가득한 여인의 심사를 나타내고 있다.

27. 여름날

뜰의 나무 새로이 푸르른데 잎은 아직 무성하지 않고
옥 계단에 사람은 고요한데 매미 소리 가득하네.
상풍오는 움직이지 않고 오룡개는 잠들어 있는데
때로 어여쁜 꾀꼬리가 자기 이름을 부르며 우네.

夏日

庭樹新陰葉未成,[1] 玉階人靜一蟬聲.[2]
相風不動烏龍睡,[2] 時有嬌鶯自喚名.[3]

【주석】

1) 陰(음) : 녹음이 지다. '음蔭'과 같다.
成(성) : 무성하다. '성盛'과 같다.
2) 一(일) : 온통. 하나같이.
3) 相風(상풍) : 바람의 방향을 측정하는 까마귀 모형의 기구. '상오相烏' 또는 '상풍오相風烏'라고도 하며, 나무나 동銅으로 만들어 돛대나 지붕 위에 설치하였다.
烏龍(오룡) : 개 이름. ≪속선전續仙傳≫에 "위선준이 개 한 마리를 데리고 다니며 '오룡'이라 불렀는데, 용으로 변하여 이를 타고 날아 올라 떠났다.(韋善俊携一犬號烏龍, 化爲龍, 乘之飛昇而去)"라 하였다.
4) 自喚名(자환명) : 스스로 자기 이름을 부르다. 꾀꼬리가 꾀꼴꾀꼴 소리 내어 우는 것을 가리킨다.

【해설】

이 시는 초여름의 한적한 정원의 경관을 노래하고 있다.

제1~2구에서는 나무에 푸른 잎이 자라지만 아직 무성하지는 않은 모습으로 초여름의 시기를 말하고, 시각과 청각 및 동과 정의 대비를 통해 인적 없는 계단과 매미 소리만 가득한 정원을 묘사하며 초여름의 고즈넉한 정취를 나타내고 있다. 이어 제3~4구에서는 바람 한 점 없이 개도 잠들어 있는 모습과 고요한 정원에 꾀꼬리 울음소리만 들려오는 상황을 묘사하며, 앞 구에서와 같이 모든 움직임은 멈추고 소리만 가득히 살아 움직이는 시각과 청각의 정동靜動의 상황을 대비시키고 있다.

28. 새로 비녀를 꽂으며

풀어헤친 머리 빗질하는 법 배우고 새 치마 입으니
아름다운 기약의 소식이 이 봄에 있어서라네.
좋은 것이 많아야 하니 마음은 갈수록 의혹만 들어
이것저것 입어보며 잘 어울리는지 옆 사람에게 물어보네.

新上頭[1]

學梳鬆鬢試新裙,[2]　消息佳期在此春.[3]
爲要好多心轉惑,[4]　遍將宜稱問傍人.[5]

【주석】

1) 上頭(상두) : 머리를 올리다. 여자가 머리를 올리고 비녀를 꼽는 것을 가리키는 것으로, 성년이 되었음을 의미한다.
2) 鬆鬢(송빈) : 풀어 늘어뜨린 머리. 어린 여자아이의 머리를 가리킨다.
3) 佳期(가기) : 아름다운 기약. 혼인을 의미한다.
4) 爲要(위요) : ~해야 하기 때문에.
   轉(전) : 갈수록.
   惑(혹) : 의혹되다. 자신의 모습이 아름다운지 스스로 믿음이 가지 않는 것을 말한다.
5) 遍(편) : 두루. 이것저것.
   將(장) : 행하다. 시험하다. 옷을 입어보는 것을 말한다.
   宜稱(의칭) : 잘 어울리다.

【해설】

이 시는 결혼을 준비하고 있는 여인을 노래한 것으로, 아름다운 봄날의 혼인을 앞 둔 여인의 설렘과 조바심이 잘 나타나 있다.

제1~2구에서는 늘어뜨렸던 머리를 올려 쪽지는 법을 배우고 새 치마를 입는 여인의 모습을 묘사하며 다가오는 봄에 있을 혼인을 준비하고 있음을 말하고 있다. 제3~4구에서는 어떻게든 더 예쁘게 보이고 싶은 마음에 이 옷 저 옷 입어보며 주위 사람들에게 어떤지 물어보고 있는 귀엽고 사랑스러운 모습이 나타나 있다.

29. 뜰 가운데

밤은 짧고 잠은 늦어 일찍 일어나기 싫어
해 높이 뜨고서야 비단 창을 나오네.
뜰 가운데에서 푸른 매실 따서는
먼저 쌍갈래비녀 머리에다 한 쌍을 얹어보네.

中庭

夜短睡遲慵早起,[1]　日高方始出紗窗.[2]
中庭自摘青梅子,[3]　先向釵頭戴一雙.[4]

【주석】

1) 睡遲(수지) : 잠자는 것이 늦다. 밤에 놀다가 늦게 잠을 자는 것을 말한다.
慵(용) : 게으르다. 귀찮다.
2) 方始(방시) : 그제야 비로소.
紗窗(사창) : 비단 드리운 창. 여인의 방을 가리킨다.
3) 青梅子(청매자) : 푸른 매실.
4) 釵頭(채두) : 쌍갈래비녀 머리.
戴一雙(대일쌍) : 한 쌍을 비녀 머리에 올리다.

【해설】

이 시는 여름날 한가로운 여인의 일상을 노래하고 있다.

제1~2구에서는 짧아진 밤에 잠자리에도 늦게 들어 아침 일찍 일어나기 싫어함을 말하고, 게으름 피우다가 해가 중천에 뜨고서야 방을 나서는 여인의 모습을 묘사하고 있다. 제3~4구에서는 정원을 거닐다 푸른 매실을 따서 한 쌍을 비녀 위에 장식 삼아 올려놓으며 즐거워하고 있는 천진한 모습이 나타나 있다.

30. 목욕을 노래하다

물소 머리 장식 다시 정돈하고 푸른 옥비녀 꼽고는
옷 벗으니 쌀쌀한 추위가 먼저 느껴지네.
택란 촛불 치우라 하며 벗은 모습 자꾸만 부끄러워하고
향기로운 탕 살짝 담가보고는 다시금 깊을까 걱정하네.
처음에는 꽃을 씻는 듯 손 닿기조차 어렵더니
끝내 눈에 더운물 붓는 양 걱정되어 감당할 수 없네.
어찌 알리? 시녀가 주렴 휘장 밖에서
따로 임금에게서 금괴 몇 괴를 더 받고 있는 줄을.

詠浴

再整魚犀攏翠簪,[1] 解衣先覺冷森森.[2]
教移蘭燭頻羞影,[3] 自試香湯更怕深.[4]
初似洗花難抑按,[5] 終憂沃雪不勝任.[6]
豈知侍女簾帷外,[7] 賸取君王幾餅金.[8]

【주석】

1) 魚犀(어서) : 물소. '수서水犀'라고도 한다. 여기서는 물소 뼈로 만든 머리 장식을 가리킨다.
攏(농) : 묶다. 합치다. 머리를 묶어 비녀를 꼽는 것을 가리킨다.
翠簪(취잠) : 푸른빛의 옥비녀.
2) 森森(삼삼) : 차가운 모양.
3) 蘭燭(난촉) : 택란澤蘭 기름으로 만든 초. 택란은 꿀풀과에 속하는

여러해살이풀로, 줄기와 잎에 향유香油가 있어 조미료의 원료로도 사용한다.

4) 自試(자시) : 스스로 시험해 보다. 욕탕 물이 어떤지 손이나 발을 먼저 담가보는 것을 말한다.

香湯(향탕) : 향기로운 욕탕.

5) 抑按(억안) : 누르다. 어루만지다.

6) 沃雪(옥설) : 눈에 물을 붓다. 하얀 피부에 더운물을 끼얹는 것을 비유한다.

不勝任(불승임) : 감당할 수 없다. 차마 더운물을 끼얹을 수 없는 것을 말한다.

7) 簾帷(염유) : 주렴 휘장. 욕탕을 가리고 있는 것을 말한다.

8) 賸取(잉취) : 따로 더 취하다. '잉賸'은 '잉剩'과 같다.

餠金(병금) : 금괴.

방회方回의 ≪영규율수瀛奎律髓≫에서는 이 시를 인용하며 "≪조후외전≫에 따르면 조소의가 목욕하니 황제가 이를 훔쳐보면서 시종에게는 말하지 말라 하며 황금을 주었는데, 한 번 목욕할 때마다 금괴 백 개를 주었다. 이 시는 풍자하는 바가 있으니, 세상의 임금이라도 이에 미혹됨을 말한 것이다.(趙后外傳, 昭儀浴, 帝竊觀之, 令侍兒勿言, 投贈以金, 一浴賜百餠. 此詩尚有所諷, 謂世之為君者亦惑乎此也)"라 하였다. 조소의趙昭儀는 한漢 성제成帝의 총애를 받아 황후에 오른 조비연趙飛燕의 여동생 조합덕趙合德으로, 소의에 봉해졌다.

【해설】

이 시는 목욕하는 여인의 모습을 묘사한 것으로, 관찰자의 시선으로 목욕의 전 과정을 따라가며 여인의 신체를 관능적으로 묘사하고 있다. 여인의 아름다운 치장이나 호사스러운 목욕의 상황, 조소의趙昭儀에 대한 비유로 보아 그 대상이 궁의 비빈妃嬪인 것으로 여겨진다.

제1~2구에서는 여인이 목욕을 준비하는 상황이 나타나 있는데, 물소 머리 장식과 푸른 옥비녀에서 높은 신분의 여인임을 짐작할 수 있다. 제3~4구에서는 욕탕 안으로 들어가는 모습을 묘사하고 있다. 벗은 몸이 부끄러워 촛불을 멀리 옮기라 명하고, 욕탕 물이 어떤지 살짝 담가 확인해보며 깊은 것을 걱정하는 모습에서 여인의 수줍음과 천진함이 느껴진다. 제5~6구에서는 시녀가 여인의 몸을 씻기는 상황을 묘사하고 있다. 꽃처럼 여린 몸이 상할까 차마 손을 댈 수 없고 눈처럼 하얀 피부가 녹아내릴까 차마 더운물을 부을 수 없다는 표현을 통해 여리고 아름다운 여인의 몸을 세밀하게 묘사하고 있다. 제7~8구에서는 한漢 성제成帝가 조소의의 목욕하는 모습을 훔쳐보려 시녀에게 금궤를 건넸던 고사를 인용하며 여인의 모습이 황제조차 미혹되게 만들 정도로 아름답고 관능적임을 말하고 있다.

31. 자리에서 주다

고상한 풍모에 미움이나 시기도 없고
화나는 일 만나도 웃음 띤 보조개가 열리네.
작은 기러기가 버들 같은 눈썹을 비스듬히 지나가고
어여쁜 노을이 물결 같은 눈망울에 가로놓여 이어지네.
살쩍머리 드리운 향기로운 목은 구름이 연뿌리를 가린 듯
분가루 칠한 택란향 가슴은 눈이 매화를 누르고 있는 듯.
송옥 같은 풍류 없다 말하지 말지니
진정 마음과 힘 다해 그대를 섬기려 하네.

席上有贈

矜嚴標格絶嫌猜,[1]　嗔怒雖逢笑靨開.[2]
小雁斜侵眉柳去,[3]　媚霞橫接眼波來.[4]
鬢垂香頸雲遮藕,[5]　粉著蘭胸雪壓梅.[6]
莫道風流無宋玉,[7]　好將心力事妝臺.[8]

【주석】

1) 矜嚴(긍엄) : 진중하고 엄격하다. 말이나 행동이 가볍지 않고 교양과 품격을 갖추고 있는 것을 가리킨다.
標格(표격) : 풍도. 풍모.
2) 嗔怒(진노) : 화내다. 노하다.
靨(엽) : 보조개.
3) 眉柳(미류) : 버들처럼 가늘게 늘어진 눈썹.

4) 媚霞(미하) : 아름다운 노을.

眼波(안파) : 잔물결이 이는 눈동자.

5) 鬢垂(빈수) : 양 살쩍머리가 아래로 드리워지다.

香頸(향경) : 향기로운 목덜미.

遮藕(차우) : 연뿌리를 가리다. 연뿌리가 구름에 가려져 있는 것을 말한다.

6) 粉著(분착) : 분가루를 칠하다.

蘭胸(난흉) : 택란향이 나는 가슴.

壓梅(압매) : 매화를 누르다. 매화가 눈에 덮여 있는 것을 말한다.

7) 宋玉(송옥) : 전국시대 초楚의 사부辭賦 작가. 〈구변九辯〉, 〈초혼招魂〉 등에서 쓸쓸한 가을의 정경을 아름다운 수사기교를 통해 표현하여 '송옥비추宋玉悲秋'라는 말이 유래하였으며, 굴원屈原과 더불어 '굴송屈宋'이라 병칭된다. 뛰어난 용모를 지니고 여색과 풍류를 즐겨 고대 중국의 대표적인 풍류재자風流才子로 알려져 있다.

8) 好(호) : 진정. 진실로. 강조의 뜻.

事(사) : 섬기다

粧臺(장대) : 화장대. 여기서는 여인을 비유한다.

【해설】

이 시는 연회 자리에서 만난 기녀에게 써 준 것으로, 여인의 아름다운 모습을 칭송하며 그녀의 사랑을 구애하고 있다.

제1~2구에서는 기녀의 고상한 풍모와 너그러운 품성을 칭송하며 그녀가 외모뿐 아니라 내면의 아름다움 또한 지니고 있음을 말하고 있다. 이어지는 네 구에서는 아름다운 여인의 외모를 얼굴에서 몸까지 하나하나 세밀하면서도 관능적으로 묘사하고 있다. 제3~4구에서는 가늘게 드리워진 눈썹과 맑고 깊은 눈망울을 늘어진 버들과 일렁이는 물결에 비유하고, 작은 기러기와 아름다운 노을을 그녀의 짝으로 삼고 있다. 제5~6구에서는 머리칼이 드리워진 목과 분가루로 단장한 가슴을 구름에 가린 연뿌리와 눈에 덮인 매화에 비유하고 있다. 마지막 제7~8구에서는 자신을 풍류재자인 송옥宋玉에 비유하고, 온 정성을 다해 여인을 받들고 사랑할 것임을 약속하고 있다.

32. 일찍 돌아와

갈 때는 어스름한 황혼 이후요
돌아올 때는 희미하게 밝아오는 때라네.
옷 집어 들고 지난 밤 술기운에 읊노라니
바람과 이슬에 그리움이 일렁이네.

早歸

去是黃昏後, 歸當朧憁時,[1]
扠衣吟宿醉,[2] 風露動相思.

【주석】

1) 朧憁(농총) : 날이 희미하게 밝아오는 모양. '농동朧曈'과 같다.
2) 扠衣(차의) : 옷을 손으로 집어 들다.
宿醉(숙취) : 지난밤의 술기운. 아직 술이 깨지 않은 것을 말한다.

【해설】

이 시에서는 임과 함께 밤을 보내고 새벽녘에 돌아오며 임에 대한 그리움을 노래하고 있다.

제1~2구에서는 황혼 무렵에 임을 찾아갔다가 날이 밝아올 무렵에서야 비로소 헤어져 돌아왔음을 말하고 있다. 제3~4구에서는 옷을 손에 든 채 술이 채 깨지 않은 상태로 흥얼거리며 지난밤의 즐겁고 행복했던 시간을 떠올리고, 서늘한 아침 바람과 이슬을 맞으며 다시금 임에 대한 그리움에 빠져들고 있다.

33. 옥 상자

비단 주머니에는 두 마리 봉황이 수놓아져 있고
옥 상자에는 한 쌍 자원앙이 새겨져 있네.
상자 안에 택란 기름에 절인 홍두가 있어
매번 집어들 때마다 그리움이 길어지네.
오래도록 그리워하며 몇 번이나 봄을 보내었나?
사람은 슬피 바라보건만 향기는 짙게 피어나네.
편지 뭉치 열어봐도 새로운 편지는 보이지 않아
분 바른 얼굴에는 여전히 오랜 눈물 흔적 남아 있네.

玉合[1]

羅囊繡兩鳳皇,[2] 玉合雕雙鸂鶒.[3]
中有蘭膏漬紅豆,[4] 每回拈著長相憶.[5]
長相憶, 經幾春, 人悵望, 香氤氳.[6]
開緘不見新書跡,[7] 帶粉猶殘舊淚痕.[8]

【주석】

1) 玉合(옥합) : 옥 상자. '옥합玉盒'과 같다.
2) 羅囊(나낭) : 비단 주머니. 옥 상자를 싸고 있는 주머니를 가리킨다.
3) 鸂鶒(계칙) : 물새 이름. 원앙鴛鴦보다는 몸집이 크며 털에 보랏빛이 많아 '자원앙紫鴛鴦'이라고도 불린다.
4) 蘭膏(난고) : 택란澤蘭 기름. 앞의 30. 〈목욕을 노래하다詠浴〉 주석3) 참조.

漬(지) : 담그다. 적시다.

紅豆(홍두) : 홍두. '상사자相思子'라고도 한다. 《본초강목本草綱目》에 따르면 영남嶺南 지방에서 자라며 키가 열 자 정도이고 잎은 회나무와 비슷하다고 한다. 열매의 색이 붉고 크기는 팥알만 하며 주로 장식품으로 쓰였다. 남편을 기다리던 여인이 이 나무 밑에서 죽어 있는 남편을 발견하고 피눈물을 흘렸는데 그 후로 빨간 열매가 맺히게 되었다는 전설이 있다. 이후 남녀 간의 애정이나 그리움을 상징하는 말로 널리 쓰였으며, 당대에는 남녀 간의 사랑의 징표로써 서로 주고받았다.

5) 每回(매회) : 매번.

拈著(염착) : 손으로 집다.

6) 氤氳(인온) : 기운이 성한 모양. 여기서는 홍두에서 택란향이 짙게 피어나는 것을 가리킨다.

7) 緘(함) : 기물이나 종이를 묶어 봉한 끈. 여기서는 편지 뭉치를 가리킨다.

新書(신서) : 새로운 편지. 임에게서 온 최근의 편지를 가리킨다.

8) 帶粉(대분) : 분칠하다. 여기서는 화장한 얼굴을 가리킨다.

殘(잔) : 남아 있다.

【해설】

이 시는 오랫동안 임과 헤어진 여인의 슬픔을 노래한 잡언체 형식의 시로, 임을 향한 그리움과 오래도록 소식 없는 임에 대한 회한이 나타나 있다.

제1~2구에서는 비단 주머니에 싸인 옥 상자를 묘사하고 있는데, 비단과 옥 상자에 새겨진 쌍쌍 봉황과 자원앙의 문양이 홀로 있는 여인과 대비되고 있다. 제3~4구에서는 옥 상자에 보관된 상사자相思子를 꺼내 들며 임과 함께 했던 옛날을 떠올리고 임과 헤어져 있는 현실을 아파하고 있다. 제5~6구에서는 각 구를 3언으로 분절하여 격정적인 감정의 토로를 나타내고 있다. 먼저 임에 대한 그리움과 오랜 헤어짐을 탄식하고, 갈수록 짙어지는 상사자의 택란 향기처럼 자신의 사랑과 그리움도 갈수록 깊어짐을 말하고 있다. 마지막 제7~8구에서는 임에게서의 소식이 이미 오래전에 끊겼음을 말하고, 분 바른 얼굴에 남은 오랜 눈물 흔적으로 여인의 깊은 슬픔을 나타내고 있다.

34. 금릉

비바람 소리 스산한데
석두성 아래에 목란 배는 놓여있고,
안개 싸인 달은 아득한데
금릉 나루에는 조수만 오고 가네.
옛날의 풍류는 모두 사라져 버렸으니
재자가인의 혼령을 그 누가 불러주리?
채색 종이 위 아름다운 글귀들은 이제 끝나버렸고
아름다운 여인들과 비빈들을 어찌 이리도 적막한가?

金陵[1]

風雨蕭蕭,[2] 石頭城下木蘭橈.[3]
煙月迢迢,[4] 金陵渡口去來潮.[5]
自古風流皆暗銷,[6] 才魂妖魂誰與招.[7]
彩牋麗句今已矣,[8] 羅襪金蓮何寂寥.[9]

【주석】

1) 金陵(금릉) : 지명. 지금의 강소성江蘇省 남경시南京市. 삼국시대 오吳를 비롯하여 남조의 동진東晉, 송宋, 제齊, 양梁, 진陳의 도읍이었다.
2) 蕭蕭(소소) : 비바람이 부는 소리.
3) 石頭城(석두성) : 성 이름. 옛터가 지금의 강소성 남경시 청량산淸涼山에 있다. 여기서는 금릉을 가리킨다.
木蘭橈(목란요) : 목란나무로 만든 노. 여기서는 배를 가리키며 '목란주木蘭舟'라고도 한다. ≪술이기述異記≫에 "목란섬은 심양강 가운데에 있는데 목란나무가 많다. 옛날 오나라 임금 합려가 여기에 목란나무를 심어 궁전을 만드는 데 썼다. 7리 되는 섬 가운데에서 노반이 목란나무를 깎아 배를 만들었는데 그 배가 지금도 섬에 남아 있다. 시인들이 말하는 목란주는 여기에서 나왔다.(木蘭洲在潯陽江中, 多木蘭樹. 昔吳王闔閭植木蘭於此, 用構宮殿也. 七里洲中有盧班刻木蘭爲舟, 舟至今在洲中. 詩家云木蘭舟, 出於此)"라 하였다.

4) 迢迢(초초) : 아득히 먼 모양.
5) 渡口(도구) : 나루터.
6) 暗銷(암소) : 사라지고 없다.
7) 才魂妖魂(재혼요혼) : 재주 있는 영혼과 아리따운 영혼. 세상을 떠난 재자가인才子佳人들을 가리킨다.
8) 彩牋(채전) : 채색 종이.
   麗句(여구) : 아름다운 구절. 시문을 가리킨다.
   今已(금이) : 지금은 끝이 나다. 재자才子들이 죽어 이제는 더 이상 시문이 지어지지 않음을 말한다.
9) 羅襪金蓮(나말금련) : 비단 버선과 황금 연꽃. 옛날 금릉의 기녀들과 제齊 동혼후東昏侯의 반비潘妃와 같은 비빈妃嬪들을 가리킨다. 앞의 9. 〈나막신屐子〉 주5) 참조.
   寂寥(적료) : 텅 비어 쓸쓸한 모양.

【해설】

이 시는 금릉의 화려했던 옛 시절을 회상하며 세월의 덧없음과 인생의 무상함을 노래하고 있다.

제1~2구와 제3~4구에서는 비바람 불어오는 석두성과 안개에 싸인 금릉 나루의 처연한 경관을 묘사하며 금릉에 대한 애상을 나타내고 있다. 아울러 오왕 합려와 관련된 목란 배와 금릉 나루에 드나드는 조수를 함께 언급하며 오나라와 남조의 도성이자 당시 가장 번성한 도시였던 금릉의 영화를 상징적으로 나타내고 있다. 제5~6구에서는 옛날 금릉의 영화를 회상하며 당시 풍류를 즐겼던 수많은 재자가인이 지금은 모두 사라져 버렸음을 탄식하고 있다. 마지막 제7~8구에서는 앞 구에서의 '재주 있는 영혼[才魂]'과 '아리따운 영혼[妖魂]'을 각각 이어받아, 재자들이 사라져 이제 더 이상 금릉의 영화를 노래하던 시문들이 지어지지 않고 아름다웠던 여인들도 사라져 당시와 같은 풍류가 남아 있지 않음을 안타까워하고 있다.

35. 머리 장식 풀기도 싫어

시녀가 화장 갑을 움직여
달그락 소리로 잠자는 사람을 깨웠네.
어찌 알리? 본디 아직 잠들지 못하고
등 돌린 채 남몰래 눈물 흘리고 있었음을.
봉황 비녀 풀기도 싫고
원앙 이불에 들어가는 것도 부끄러운데
때때로 희미한 등불 다시 바라보니
연기와 함께 심지 불똥이 떨어지네.

懶卸頭[1]

侍女動妝奩,[2] 故故驚人睡.[3]
那知本未眠,[4] 背面偸垂淚.
懶卸鳳皇釵,[5] 羞入鴛鴦被.[6]
時復見殘燈,[7] 和煙墜金穗.[8]

【주석】

1) 懶(라) : 게으르다. 귀찮다. 의욕이 없는 상태를 말한다.
卸頭(어두) : 핀이나 비녀 같은 머리 장식을 풀다.
2) 妝奩(장렴) : 화장 갑. '렴奩'은 '렴匳'과 같다.
3) 故故(고고) : 의성어. 본래는 새 울음소리를 비유하는 말로, 여기서는 화장 갑이 달그락거리는 소리를 가리킨다.
4) 那知(나지) : 어찌 알리?

5) 懶(라) : 게으르다. 의욕이 없다.

卸(어) : 벗다. 풀다. 옷이나 장신구 등을 벗거나 빼서 내려놓는 것을 말한다.

鳳皇釵(봉황채) : 머리 부분에 봉황 장식이 되어 있는 쌍갈래비녀.

6) 羞(수) : 부끄럽다. 원앙 이불 속으로 차마 혼자서 들어갈 수 없음을 말한다.

鴛鴦被(원앙피) : 원앙이 수놓아진 이불.

7) 時(시) : 때때로.

殘燈(잔등) : 희미한 등불.

8) 金穗(금수) : 금빛 이삭. 등불 심지 끝의 불똥을 가리킨다. 심지 끝이 타서 뭉쳐진 모습이 벼의 이삭과 같다 하여 이와 같이 불렀으며, 또한 꽃과도 같다 하여 '등화燈花'라고도 한다. 속설에 등불 심지의 불똥이 튀면 좋은 일이 생긴다고 한다.

【해설】

이 시는 홀로 밤을 보내는 여인의 슬픔과 그리움을 노래하고 있다. 제1~2구에서는 홀로 잠자리에 누운 여인이 시녀의 화장 갑 만지는 소리에 깨어난 상황을 묘사하고, 제3~4구에서는 여인이 잠이 든 것이 아니라 돌아누워 그리움에 몰래 눈물 흘리고 있었음을 말하고 있다. 제5~6구에서는 비녀 풀고 잠자리에 들어가는 것도 내키지 않고 홀로 원앙 이불 덮는 것도 싫어하는 모습으로 여인의 무력감과 외로움을 나타내고 있다. 마지막 제7~8구에서는 희미한 등불에서 문득 떨어지는 심지의 불똥을 통해 비록 현실은 암울하지만 머지않아 좋은 일이 생길 것임을 예감하고 있다.

36. 술기운 빌어

술기운 빌어 까닭 없이 옛날 만나던 곳 찾아가 보지만
오히려 슬픔 더욱 견디지 못함이 가련하기만 하네.
고요한 누각에 깊은 봄의 비가 내리고
먼 곳 발 드리운 창에 한밤의 등불 비치네.
기둥 안고 서 있을 때 바람은 가늘고 불고
행랑 돌아 지나는 곳에 그리움은 자욱이 일어나네.
분명 창 아래에서 마름질 소리 들렸건만
난간 곳곳 두드리며 불러도 대답이 없네.

倚醉

倚醉無端尋舊約,[1] 卻憐惆悵轉難勝.[2]
靜中樓閣深春雨, 遠處簾櫳半夜燈.[3]
抱柱立時風細細,[4] 繞廊行處思騰騰.[5]
分明窗下聞裁翦,[6] 敲遍闌干喚不應.[7]

【주석】

1) 無端(무단) : 무단히. 아무런 까닭 없이.
舊約(구약) : 옛날의 기약. 여기서는 임과 옛날 만났던 곳을 가리킨다.
2) 憐(련) : 가련하다.
轉(전) : 갈수록.
3) 櫳(롱) : 창살이 있는 창.
4) 抱柱(포주) : 기둥을 껴안다. 여자와의 약속을 지키려 기둥을 끌어

안고 죽은 춘추시대 노魯나라 미생尾生의 고사를 차용한 것이다. ≪장자莊子 · 도척盜跖≫에 "미생이 한 여자와 다리 밑에서 만나기로 약속했는데 여자가 오지 않으니 물이 불어나도 그 자리를 떠나지 않고 기둥을 안고 죽었다.(尾生與女子期於梁下, 女子不來, 水至不去, 抱柱而死)"라 하였다.

5) 廊(랑) : 행랑行廊. 지붕을 얹어 건물 사이를 연결한 복도를 가리키며, '회랑回廊' 또는 '주랑走廊'이라고도 한다.
 騰騰(등등) : 생각 따위가 성하게 일어나는 모양.

6) 裁翦(재전) : 마름질하다.

7) 敲遍(고편) : 여기저기 두루 두드리다.

【해설】

이 시는 헤어진 옛 여인을 잊지 못하는 남자의 미련과 안타까움이 나타나 있다.

제1~2구에서는 헤어진 옛 여인이 그리워 술기운에 옛날 함께 만났던 곳을 찾아가 옛일을 회상하며 슬픔에 빠져들고 있다. 제3~4구에서는 적막한 누각에 내리는 비와 깊은 밤에 멀리서 여인의 창을 바라보는 모습을 통해 자신의 쓸쓸한 심정과 여인을 향한 미련을 나타내고 있다. 제5~6구에서는 기둥을 안고 행랑을 돌며 여인을 향한 자신의 변함없는 신의와 그리움을 말하고 있다. 마지막 제7~8구에서는 그리움을 견디지 못하고 결국 여인의 집 앞으로까지 찾아가는 상황이 나타나 있는데, 분명 방 안에 있건만 아무리 난간을 두드려도 대답 없는 여인에 안타까워하고 있다.

37. 손을 노래하다

하얀 손목, 붉은 피부, 옥 같은 죽순
거문고 연주하고 실 뽑을 때 끝이 살짝 드러나네.
연지 바른 살쩍머리 남몰래 가늘게 꼬아 드리우고
거울 향해 얇게 분칠하여 노을빛 볼 드러내네.
옛날 만나던 곳 서글피 바라보며 수놓은 휘장 걷고
옛날 만났던 일 아련하기만 한데 화려한 수레 여네.
후원에서 웃으며 함께 가는 길 가리키며
궁궁이 따고 꽃도 꺾었었지.

詠手

腕白膚紅玉筍芽,[1] 調琴抽線露尖斜.[2]
背人細撚垂臙鬢,[3] 向鏡輕勻襯臉霞.[4]
悵望昔逢褰繡幔,[5] 依稀曾見托金車.[6]
後園笑向同行道,[7] 摘得蘼蕪又折花.[8]

【주석】

1) 腕(완) : 손목.
膚(부) : 피부.
筍芽(순아) : 죽순. 가늘고 긴 손가락을 비유한다.

2) 調(조) : 악기를 연주하다.
抽線(추선) : 실을 뽑다. 수를 놓거나 바느질하는 것을 의미한다.
調(조) : 악기를 연주하다.

尖斜(첨사) : 끝이 비스듬하다. 손끝이 옆으로 살짝 보이는 것을 말한다.

3) 背人(배인) : 다른 사람을 피하다. 남몰래.
   撚(연) : 손가락으로 꼬다.
   臙鬢(연빈) : 연지를 바른 살쩍머리.
4) 輕勻(경균) : 가볍게 두루 칠하다.
   襯(츤) : 밖으로 드러내다.
   臉霞(검하) : 노을빛 볼. 연지로 단장한 얼굴을 가리킨다.
5) 褰(건) : 걷어 올리다.
   繡幔(수만) : 수놓은 휘장.
6) 依稀(의희) : 흐릿하다. 아렴풋하다.
   托(탁) : 손으로 밀어 열다. 문을 열어 수레에 올라탄 것을 말한다.
   金車(금거) : 금빛 수레. 화려하게 장식한 수레를 가리킨다.
7) 向(향) : 향하다. 가리키다.
   同行道(동행도) : 둘이서 함께 가는 길.
8) 蘼蕪(미무) : 궁궁이. 미나리과에 속하는 다년생 풀. 잎은 미나리와 비슷하며 가을에 흰 꽃이 피고 향기가 있다. 싹이 어리고 뿌리가 아직 맺히지 않았을 때는 '미무蘼蕪'라 하고, 뿌리가 맺힌 후에는 '궁궁芎藭'이라 한다. 뿌리와 줄기 모두 약재로 사용되며 사천四川 지역에서 나는 것이 가장 우수하여 '천궁川芎'이라고도 한다.

【해설】

이 시는 손을 노래하며 이를 매개로 아름다운 여인의 모습과 임과 함께 했던 추억을 나타내고 있다.

전반부에서는 손을 중심으로 여인의 내면과 외면의 아름다움을 나타내고 있다. 제1~2구에서는 손의 붉고 부드러운 피부와 어여쁜 생김새를 말하며 거문고를 연주하고 자수를 놓는 모습을 통해 여인의 고아한 품성을 나타내고 있다. 이어 제3~4구에서는 머리를 치장하고 얼굴을 단장하는 손동작을 통해 여인의 아름다운 모습을 나타내고 있다. 후반부 또한 손을 중심으로 임과의 옛 추억과 이를 회상하는 여인의 모습을 나타내고 있다. 제5~6구에서는 휘장을 걷고 옛날 만나던 곳을 바라보며 슬픔에 잠기고, 수레의 문을 열면서 옛날 수레를 타고 임과 만났던 아련한 기억을 떠올리고 있다. 마지막 제7~8구에서는 후원에서 함께 앞길을 가리키며 행복하게 거닐던 일과 궁궁이를 따고 꽃을 꺾었던 일을 회상하고 있다.

38. 연꽃

흰 비단부채가 서로 푸른빛에 기대어 있고
향 주머니가 홀로 붉은빛으로 솟아 있네.
번지며 피어나는 것은 겹겹 이슬 때문이요
사납고 포악한 것은 가을바람이라네.
빼어난 격조를 노래하는 이 없이
가을 연못은 매일 밤 비어있으리니,
어찌하면 주방을 만나
병풍 속에 옮겨 넣을 수 있으리?

菏花

紈扇相欹綠,[1] 香囊獨立紅.[2]
浸淫因重露,[3] 狂暴是秋風.[4]
逸調無人唱,[5] 秋塘每夜空.[6]
何繇見周昉,[7] 移入畫屛中.[8]

【주석】

1) 紈扇(환선) : 얇은 흰 비단으로 만든 둥근 부채. 여기서는 흰 연꽃을 비유한다.
2) 香囊(향낭) : 향 주머니. 여기서는 붉은 연꽃을 비유한다.
3) 浸淫(침음) : 넘쳐 범람하다. 연꽃이 번져 피어나는 것을 가리킨다.
4) 狂暴(광폭) : 사납고 포악하다. 연꽃을 시들어 떨어지게 하는 것을 가리킨다.

5) 逸調(일조) : 빼어난 격조.

6) 空(공) : 텅 비다. 연꽃이 시들어 없어지는 것을 말한다.

7) 何繇(하유) : 어찌하면. '유繇'는 '유由'와 같다.

周昉(주방) : 당대唐代 화가. 자는 중랑仲朗 또는 경현景玄이며 경조京兆(지금의 섬서성陝西省 서안시西安市) 사람으로, 월주越州와 선주宣州의 장사長史를 지냈다. 글씨에 능했으며 특히 귀족 부인을 소재로 한 인물화에 뛰어나 〈잠화사녀도簪花仕女图〉와 같은 걸작을 남겼다.

8) 畫屛(화병) : 꽃 그림 병풍.

【해설】

이 시는 연꽃의 아름다운 모습과 고아한 격조를 칭송하고 있다. 제1~2구에서는 희고 붉은 연꽃을 흰 비단부채와 붉은 향 주머니에 비유하고, 제3~4구에서는 이슬 맞고 자라며 가을바람에 시드는 연꽃의 생리를 말하고 있다. 제5~6구에서는 가을이 되면 연꽃은 모두 시들어 버리고 그 고아하고 빼어난 격조를 노래하는 이도 없이 텅 빈 연못만 남아 있게 될 것을 안타까워하고 있다. 제7~8구에서는 주방周昉과 같은 뛰어난 화가를 만나 연꽃을 병풍 속의 그림으로 옮겨 영원히 시들지 않게 하고 싶은 바람을 나타내고 있다. 시에서는 연꽃에 자신을 비유하며 젊고 아름다운 모습을 오래도록 유지하여 영원토록 임의 사랑을 받고 싶은 소망을 나타내고 있다.

39. 헐거워진 쪽머리

쪽머리 밑이 헐거워져 옥 쌍갈래비녀는 기울어지고
꽃나무 가지 가리키다 또 세월이 흘렀네.
오래도록 앉아 있다 문득 가슴 아팠던 일 떠올라
모두 물리치곤 남몰래 연지 얼굴에 눈물 흘리네.

鬆髻

髻根鬆慢玉釵垂,[1] 指點花枝又過時.[2]
坐久暗生惆悵事,[3] 背人匀却淚臙脂.[4]

【주석】

1) 髻根(계근) : 쪽머리 아랫부분.
鬆慢(송만) : 느슨하다. 헐겁다.
玉釵(옥채) : 옥으로 만든 쌍갈래비녀.
垂(수) : 드리우다. 비녀가 기울어져 흘러내리는 것을 가리킨다.
2) 指點(지점) : 손가락으로 가리키다.
3) 暗生(암생) : 자신도 모르게 부지불식간에 생겨나다.
惆悵(추창) : 상심하다. 슬퍼하다.
4) 背人(배인) : 다른 사람을 피하다. 남몰래.
匀却(균각) : 모두 물리치다.
臙脂(연지) : 연지胭脂. 여기서는 연지 바른 얼굴을 가리킨다.

【해설】

이 시는 덧없는 세월과 회한의 삶에 비통해하는 여인을 노래하고 있다.

제1~2구에서는 머리숱이 적어져 이제는 비녀조차 이길 수 없음을 말하고, 또 한 번의 봄이 지나며 세월이 흘러가고 있음을 안타까워하고 있다. 제3~4구에서는 오래도록 앉아서 지난날을 회상하다 홀연 슬프고 가슴 아팠던 옛 기억들이 떠올리고, 다른 사람들을 모두 물리치고 남몰래 눈물을 흘리고 있다.

40. 멀리 부치다 - 기주에 있을 때 쓰다

반달 같은 눈썹에 구름 같은 머리 하고
오동잎은 떨어져 우물 난간 두드리겠지.
등불 하나 외로이 관서는 춥고
가는 서리 싸늘한데 나그네 옷은 홑겹이네.
아름다운 사람 그리워하건만 구름 끝에 있고
꿈속의 혼은 끝없이 이어지건만 관산을 넘기 어렵네.
빈방 뒤척이며 쓰라린 슬픔 안고 있노라니
구리 항아리에 물은 다 새고 말방울 소리 들려오네.

寄遠 - 在岐日作[1]

眉如半月雲如鬟,[2] 梧桐葉落敲井闌.[3]
孤燈亭亭公署寒,[4] 微霜凄凄客衣單.[5]
想美人兮雲一端,[6] 夢魂悠悠關山難.[7]
空房展轉懷悲酸,[8] 銅壺漏盡聞金鸞.[9]

【주석】

1) 岐(기) : 주州 이름. 당대 봉상부鳳翔府에 속해 있었으며 지금의 섬서성陝西省 봉상현鳳翔縣 지역이다. 당 천복天復 원년(901)에 소종昭宗이 환관 한전회韓全誨에 겁박당하여 봉상으로 끌려갔는데, 이때 한악이 소종을 보좌하여 따라갔었다.

2) 雲如鬟(운여환) : 구름처럼 위로 올려 쪽 찐 머리. 운자韻字 때문에 '운雲'과 '환鬟'을 도치하였다.

3) 井闌(정란) : 우물의 난간.

4) 亭亭(정정) : 외롭게 홀로 있는 모양.

公署(공서) : 관서官署. 관원의 집무실을 가리킨다.

5) 淒淒(처처) : 차갑고 싸늘한 모양.

6) 美人(미인) : 아름다운 여인. 아내를 가리킨다.

7) 悠悠(유유) : 멀리까지 끝없이 이어지는 모양.

關山(관산) : 좁고 험준한 산. 변경 관문 지역의 산을 가리킨다.

8) 展轉(전전) : 이리저리 뒤척이며 잠 못 이루다. '전전輾轉'과 같다.

9) 銅壺(동호) : 구리 항아리. 물시계를 가리킨다.

漏盡(누진) : 물이 다 새다. 밤이 끝난 것을 가리킨다.

金鸞(금란) : 말방울.

【해설】

이 시는 시인이 소종昭宗을 따라 기주에 머물고 있을 때 쓴 것으로, 객지에서 고향의 아내를 그리워하는 마음을 나타내고 있다.

제1~2구에서는 고향에 있는 아내의 모습을 상상하며 우물 난간에 떨어지는 오동잎으로 자신을 기다리고 있을 아내의 심정을 나타내고 있다. 제3~4구에서는 외로운 등불과 추운 관서, 가는 서리와 홑겹 옷을 묘사하며 객지에 나와 있는 자신의 외롭고 처량한 처지를 말하고, 제5~6구에서는 아내를 그리워하지만 멀어 갈 수 없고 꿈에서조차 만날 수 없음을 탄식하고 있다. 마지막 제7~8구에서는 슬픔과 그리움에 밤새 뒤척이며 날이 새도록 잠 못 이루고 있는 모습이 나타나 있다.

41. 함께 했던 흔적

해와 달은 수레바퀴와 같으니
괴겁의 불과 뽕나무 밭은 다시 말할 것도 없네.
다만 풍광에 함께 했던 흔적 남아 있으니
그리움은 길어 나도 몰래 혼을 녹이네.

蹤跡

東烏西兎似車輪,[1] 劫火桑田不復論.[2]
唯有風光與蹤跡,[3] 思量長是暗銷魂.[4]

【주석】

1) 東烏(동오) : 전설상 해에 있다고 하는 삼족오三足烏. 해를 가리킨다.
西兎(서토) : 전설상 달에 있다고 하는 옥토끼. 달을 가리킨다.

2) 劫火(겁화) : 불교에서 괴겁壞劫의 말에 일어난다고 하는 큰불. 불교에서 천지가 한 번 생성했다 소멸하는 시간을 1겁劫이라 한다. 이는 생겁生劫, 주겁住劫, 괴겁壞劫, 공겁空劫의 순환으로 이루어지는데 괴겁의 말에 물, 불, 바람의 삼재三災가 생겨나 모든 것을 파멸시킨다고 한다. 여기서는 오랜 시간이 흐르면 모든 것이 사라지고 변하여 본래의 흔적을 찾아볼 수 없음을 의미한다.
桑田(상전) : 뽕나무 밭. 뽕나무 밭이 변하여 푸른 바다로 변한다는 '상전벽해桑田碧海'의 뜻으로, 앞의 '겁화劫火'와 같은 의미이다.

3) 蹤跡(종적) : 자취. 임의 자취 또는 임과 함께 했던 흔적들을 가리킨다.

4) 暗(암) : 자신도 모르게. 부지불식간에.
銷魂(소혼) : 혼을 녹이다. 깊은 슬픔에 빠지는 것을 말한다.

【해설】

이 시에서는 아무리 오랜 시간이 흘러도 사라지지 않는 임과의 추억을 회상하며 그리움과 시름을 나타내고 있다.

제1~2구에서는 멈추지 않고 굴러가는 수레바퀴에 해와 달을 비유하며 시간의 흐름을 말하고, 오랜 시간의 흐름 속에 인간 세상의 모든 것은 소멸하고 변화되기 마련임을 말하고 있다. 그러나 제3~4구에서는 임과 함께 했던 추억들은 풍광과 더불어 변함없이 남아 있기에 그리움은 길고 시름은 견딜 수 없이 깊어만 감을 말하고 있다.

42. 그리움에 병들어

아름다운 여인에게는 반드시 마음 끌림을 잘 알겠으니
한 번 바라보고 말 걸 수 없어 운명의 박복함을 느끼네.
일찍이 선법의 깨달음으로 이 병을 녹였건만
이제 겨우 다 없앴는데 또다시 생겨나고 말았네.

病憶

信知尤物必牽情,[1]　一顧難酬覺命輕.[2]
曾把禪機銷此病,[3]　破除纔盡又重生.[4]

【주석】

1) 信知(신지) : 깊이 알다. 분명히 알다.
尤物(우물) : 뛰어나고 진귀한 사물. 여기서는 아름다운 여인을 비유한다.
牽情(견정) : 정을 끌어당기다. 마음이 끌리는 것을 말한다.
2) 酬(수) : 수작酬酌하다. 말을 주고받다.
命輕(명경) : 운명이 얇고 가볍다. 박복한 운명한 가리킨다.
3) 把(파) : 쥐다. 장악하다.
禪機(선기) : 선법禪法의 요체要諦. 불교에서의 깨달음을 가리킨다.
此病(차병) : 이러한 병. 외물에 현혹되어 마음을 빼앗기는 것을 말한다.
4) 破除(파제) : 부수고 제거하다.

【해설】

이 시에는 이룰 수 없는 사랑에 빠진 남자의 안타까움이 나타나 있다.

제1~2구에서는 한눈에 반한 아름다운 여인에게 차마 다가가지 못하고 자신의 박복한 운명을 탓하고 있다. 제3~4구에서는 수양과 참선을 통해 외물에 대한 욕망에서 이제 겨우 벗어날 수 있게 되었건만, 여인으로 인해 연모하는 마음이 다시금 생겨나게 되었음을 말하고 있다.

43. 중매쟁이를 시기하다

규방 깊게 닫혀 열린 적이 없으니
오룡개가 가로누워 중매쟁이를 시기해서이지만,
좋은 새가 어찌 수고로이 날개를 나란히 하며
기이한 꽃이 어찌 반드시 꽃잎을 겹으로 하리?
머물러두기 어려우니 이내 회오리바람 따라 가버리고
잠깐의 만남은 급한 번개 따라 오는 듯하니,
지나치게 막기만 했던 것이 후회가 되고
우연히 들려오는 말에 깊은 의심만 생겨나네.
눈금 새긴 초도 싫거늘 봄밤은 짧기만 하고
말방울 소리 한스럽거늘 새벽 북은 재촉만 하니,
응당 초 양왕이 신녀와의 연분 얇았음을 비웃어야 했건만
한낮에 오래도록 홀로 배회하고 있다네.

妬媒

洞房深閉不曾開,[1] 橫臥烏龍作妬媒.[2]
好鳥豈勞兼比翼,[3] 異華何必更重臺.[4]
難留旋逐驚飆去,[5] 暫見如隨急電來.[6]
多爲過防成後悔,[7] 偶因翻語得深猜.[8]
已嫌刻蠟春宵短,[9] 最恨鳴珂曉鼓催.[10]
應笑楚襄仙分薄,[11] 日中長是獨裴回.[12]

【주석】

1) 洞房(동방) : 규방. 여인의 방.

2) 烏龍(오룡) : 전설상의 개 이름. 앞의 27. 〈여름날夏日〉 주2) 참조.

3) 比翼(비익) : 날개를 나란히 하다. 전설상의 새인 비익조比翼鳥를 가리키는 것으로, 외눈과 외날개가 있어 자신과 다른 쪽의 눈과 날개를 가진 짝을 만나야 비로소 완전한 새가 될 수 있다고 한다. 여기서는 짝을 만나는 것을 비유한다.

4) 重臺(중대) : 꽃잎을 겹으로 하다. 짝을 이루는 것을 비유한다.

5) 旋(선) : 이내. 즉시.
驚飆(경표) : 회오리바람.

6) 隨(수) : 따르다.

7) 過防(과방) : 지나치게 막다. 임에 대해 소극적인 태도를 취한 것을 말한다.

8) 翻語(번어) : 바람결에 들려오는 말. 풍문風聞.

9) 刻蠟(각랍) : 눈금을 새긴 초. 초의 줄어든 눈금을 통해 시간을 계산하였다.

10) 鳴珂(명가) : 말의 굴레에 다는 장식품. 말이 걸어가면 울리기 때문에 이와 같이 불렀으며, 대개 옥으로 만들어져 '옥가玉珂'라고도 한다.

11) 楚襄(초양) : 초楚 양왕襄王. 실제로는 초楚 회왕懷王을 가리킨다.
仙分(선분) : 선녀仙女와의 연분緣分. 무산신녀巫山神女와의 인연을 가리킨다. 초 양왕이 송옥宋玉과 함께 운몽택雲夢澤 가를 노닐다 송옥으로 하여금 고당高唐에서의 일을 부賦로 쓰게 하였는데, 그 부賦에서 선왕인 초 회왕이 고당을 노닐다 꿈에 무산의 신녀를 만나 이른바 '운우지정雲雨之情'을 나눈 일을 가리킨다.

12) 裴回(배회) : 배회하다. '배회徘徊'와 같다.

【해설】

이 시는 사랑하는 임과 오래도록 함께 있지 못하는 여인의 안타까움을 나타내고 있다.

제1~4구에서는 굳게 닫힌 규방을 통해 오랫동안 홀로 지내고 있는 여인의 상황을 나타내고, 스스로 곱고 빼어나 굳이 짝을 찾을 필요가 없었기 때문임을 말하고 있다. 제5~8구에서는 임을 만나 사랑을 시작하게 된 상황이 나타나 있다. 번개처럼 짧은 만남과 회오리바람처럼 떠나가는 임을 아쉬워하며 혹 자신이 너무나 사랑에 소극적이었던 것은 아닌지, 들려오는 소문에 마음 심란해하고 있다. 제9~12구에서는 임과 함께 하는 시간이 짧기만 한 것을 안타까워하며 무산신녀와의 짧은 인연보다 못한 자신의 사랑을 가련히 여기고 있다.

44. 만나지 못해

행동거지를 단속하니 또 의심받을까 두려워서이고
아무렇지 않은 척하며 마음속 생각을 눈으로만 말하네.
이 한 몸 그대 집의 제비가 되고자 하니
추사일 돌아갈 때에도 돌아가지 않으리.

不見

動靜防閑又怕疑,[1] 佯佯脈脈是深機.[2]
此身願作君家燕, 秋社歸時也不歸.[3]

【주석】

1) 動靜(동정) : 행동거지.
防閑(방한) : 막다. 단속하다. '방防'은 물을 막는 제방을, '한閑'은 짐승을 막는 울타리를 뜻한다.

2) 佯佯(양양) : 일부러 남에게 보여주는 모양. 겉으로 아무렇지도 않은 척하는 것을 말한다.
脈脈(맥맥) : 말없이 눈빛으로 뜻을 전하는 모양.
深機(심기) : 마음속의 생각.

3) 秋社(추사) : 추사일秋社日. 입추立秋 후 다섯 번째 되는 무일戊日로, 농촌에서는 이날 사직신社稷神에게 제사를 드리고 한해의 수확을 감사하였다. 제비는 춘사일春社日에 왔다가 추사일에 날아간다.

【해설】

이 시는 남몰래 하는 은밀한 사랑과 변하지 않는 사랑의 맹서를 나타내고 있다.

제1~2구에서는 자신의 사랑을 행여 다른 사람에게 들킬까 행동을 조심하며 눈빛으로 둘만의 은밀한 사랑을 나누고 있다. 첫 구에서 말한 '또[又]'라는 표현에서 이전에도 이미 사랑을 들킨 적이 있었으며, 이들의 사랑이 쉽게 용인될 수 없는 것이었음을 짐작할 수 있다. 이어 제3~4구에서는 임의 집에 자유로이 날아드는 제비가 되어 언제든 임과 함께 있고 싶은 소망을 말하고, 가을이 되어도 날아가지 않겠다는 말로써 변함없는 사랑을 약속하고 있다.

45. 낮잠

발 드리운 창 너머로 푸른 오동나무 그늘지고
부채에선 금빛 거위 깃털 떨어지는데 옥 대자리는 따뜻하네.
분 두드려 향기로운 몸에 윤기 더욱 더해 있고
옷 벗어놓아 치마의 붉은 빛만 보이네.
번민 가득한 옷깃은 잠깐 닿아도 얼음 항아리처럼 차갑고
권태로이 벤 베개는 살짝 기대도 아름다운 쪽머리 풀어지네.
어찌 반드시 애써 꿈속에서 임을 찾으려 하는지?
왕창이 다만 이 담장 동쪽에 있거늘.

晝寢

碧桐陰盡隔簾櫳,[1]　扇拂金鵝玉簟烘.[2]
撲粉更添香體滑,[3]　解衣唯見下裳紅.[4]
煩襟乍觸冰壺冷,[5]　倦枕徐欹寶髻鬆.[6]
何必苦勞魂與夢,[7]　王昌只在此牆東.[8]

【주석】

1) 陰(음) : 그늘. '음蔭'과 같다.
簾櫳(염롱) : 발 드리운 창. '롱櫳'은 창살이 있는 창을 의미한다.

2) 拂(불) : 떨어져 나가다.
金鵝(금아) : 황금빛 거위 깃털. 부채의 장식이다.
玉簟(옥점) : 옥 대자리. 푸른빛의 아름다운 대자리를 가리킨다.
烘(홍) : 태우다. 불을 쬐다. 여기서는 불을 넣어 대자리가 따뜻한

것을 의미한다.

3) 撲粉(박분) : 분을 두드리다.

4) 下裳(하상) : 치마.

5) 煩襟(번금) : 번민의 옷깃. 가슴에 번민이 가득한 것을 비유한다.

6) 倦枕(권침) : 권태로운 베개. 시름에 겨워 무기력하게 누워 있는 것을 비유한다.

徐欹(서의) : 살짝 기대다. '서徐'는 '느리다' 또는 '느슨하다'라는 뜻으로, 여기서는 가볍게 잠깐 베개를 베는 것을 말한다.

寶髻(보계) : 아름답게 장식한 쪽머리.

7) 苦勞(고로) : 힘들여 고생하다. 애쓰다.

魂與夢(혼여몽) : 혼이 꿈과 함께 하다. 꿈속에서 임을 찾는 것을 말한다.

8) 王昌(왕창) : 위진魏晉 시기의 미남자로 동평왕東平王이라고도 한다. 당시에서 풍류재자風流才子의 대명사로 널리 차용되었으며, 여기서는 시인 자신을 가리킨다.

【해설】

이 시는 낮잠 자는 아름다운 여인을 묘사하며 그녀에 대한 흠모의 정을 나타내고 있다.

제1~2구에서는 창 너머 그늘진 오동나무와 깃털이 빠져 날리는 부채, 따뜻한 대자리를 통해 여름을 지나 가을로 접어든 계절의 상황을 나타내고 있다. 제3~4구에서는 치마 벗어놓고 낮잠을 자고 있는 여인의 모습을 후각과 촉각, 시각을 통해 농염하고 섬세하게 묘사하고 있다. 제5~6구에서는 번민과 시름으로 가득한 여인의 심사를 차가운 옷깃과 풀어진 머리 장식을 통해 나타내고, 마지막 제7~8구에서는 여인에게 애써 꿈속에서 임을 찾아 헤매지 말고 가까이 있는 자신과 함께 사랑할 것을 권하고 있다.

46. 생각의 단서

절세미인이 어찌 적막하기만 한가?
배꽃은 아직 피지 않았고 매화꽃은 졌네.
동풍이 비를 불어 서쪽 정원으로 들어오니
은실 천 가닥이 빈 누각을 건너오네.
얼굴의 분은 촉의 술처럼 진하기는 어려워도
입술의 연지는 오의 비단처럼 얇기는 쉽다네.
애교 가득한 표정과 자태로 부끄럼 이기지 못하고
임의 어깨에 기대어 영원히 붙어 있길 원하네.

意緖

絶代佳人何寂寞,[1] 梨花未發梅花落.
東風吹雨入西園,[2] 銀線千條度虛閣.[3]
臉粉難勻蜀酒濃,[4] 口脂易印吳綾薄.[5]
嬌饒意態不勝羞,[6] 願倚郎肩永相著.[7]

【주석】

1) 絶代佳人(절대가인) : 절세의 미녀.
寂寞(적막) : 고요하고 쓸쓸하다.
2) 東風(동풍) : 봄바람. 사랑하는 임을 비유한다.
3) 銀線(은선) : 은색 실 가닥. 비를 비유한다.
千條(천조) : 천 가닥.
虛閣(허각) : 빈 누각. 홀로 있는 여인의 거처를 가리킨다.

4) 勻(균) : 같다. 균등하다.

蜀酒(촉주) : 촉蜀 땅에서 생산된 술. 색이 붉고 향이 진하다.

5) 印(인) : 부합되다. 일치하다.

吳綾(오릉) : 오吳 땅에서 생산된 비단. 아름다운 무늬에 얇고 가볍기로 유명하다.

6) 嬌饒(교요) : 애교가 많다.

意態(의태) : 표정과 자태.

7) 相著(상착) : 함께 붙어 있다.

【해설】

이 시는 홀로 있던 아름다운 여인이 임과 사랑에 빠지게 된 상황을 노래하고 있다.

제1~2구에서는 아름다운 여인이 쓸쓸히 홀로 있음을 말하며 매화는 지고 배꽃은 아직 피지 않은 상황으로 지금이 봄의 절정으로 향해 가는 시기임을 나타내고 있다. 제3~4구에서는 봄바람이 비를 몰아 서쪽 정원의 빈 누각으로 들어오는 경관을 묘사하며 외로운 여인에게 사랑이 찾아왔음을 비유적으로 나타내고 있다. 제5~6구에서는 임을 기다리며 수줍은 마음으로 곱게 화장하고 있는 모습을 묘사하고, 마지막 제7~8구에서는 애교 가득한 모습으로 임의 어깨에 기대어 오래도록 함께 있기를 바라고 있음을 말하고 있다.

47. 슬퍼 아파하며

몸 안의 정은 오래도록 남아 나도 몰래 따라다니고
산 혼백은 그대를 따르건만 그대가 어찌 알리?
이불 따뜻하지 않아 헛되이 눈물로 적시고
쌍갈래비녀 나누려 해도 오히려 반쪽에 믿음이 가지 않네.
밝은 달 맑은 바람에도 마음 흡족하기 어려우니
시인과 미녀는 이별의 아픔이 많기 때문이네.
어찌하면 술 마시고 천 일토록 취해
땅과 하늘을 자리와 장막 삼고 아무것도 모를 수 있으리?

惆悵

身情長在暗相隨,[1] 生魄隨君君豈知.[2]
被頭不暖空霑淚,[3] 釵股欲分猶半疑.[4]
朗月清風難愜意,[5] 詞人絶色多傷離.[6]
何如飮酒連千醉,[7] 席地幕天無所知.[8]

【주석】

1) 身情(신정) : 몸의 정. 마음속에 간직한 정을 말한다.
2) 生魄(생백) : 살아 있는 혼백. 여인의 마음을 가리킨다.
3) 被頭(피두) : 이불.
霑淚(점루) : 눈물로 적시다.
4) 釵股(채고) : 쌍갈래비녀의 다리. 고대에 비녀의 다리를 나누어 가지며 남녀 간에 사랑의 징표로 삼았다.

5) 愜意(협의) : 마음에 들다. 흡족하다.

6) 詞人絶色(사인절색) : 시인과 절세미녀.

7) 連千醉(연천취) : 천 일을 연이어 취하다. 전설에 중산中山 사람 적희狄希가 천일주千日酒를 만들 수 있어 이를 마시면 천 일 동안 취하였다고 한다. 장화張華의 ≪박물지博物志≫에 따르면 옛날 유현석劉玄石이라는 사람이 중산中山의 술집에서 천일주를 사서 마시고는 취하여 잠이 들었는데, 집안사람들이 죽은 줄로 여기고 그를 장사지냈다. 3년 후 술집 주인이 찾아가 관을 여니 그제야 술에서 깨어났다.

8) 席地幕天(석지막천) : 땅을 자리로 삼고 하늘을 장막으로 삼다. 마음 내키는 대로 거리낌 없이 사는 것을 의미한다. 유령劉伶의 〈주덕송酒德頌〉에 "하늘을 장막 삼고 땅을 자리 삼았으며, 가는 바를 마음 내키는 대로 하였다.(幕天席地, 縱意所如)"라 한 말에서 유래하였다.

【해설】

이 시는 사랑에 번민하는 여인의 심정을 노래한 것으로, 사랑하는 임의 마음을 확신하지 못하는 여인의 시름과 고뇌가 잘 나타나 있다.

제1~2구에서는 언제 어디서든 자신의 마음과 생각은 임에 대한 그리움으로 가득 차 있음을 말하며, 이러한 자신을 알아주지 못하는 임을 안타까워하고 있다. 제3~4구에서는 홀로 잠드는 차가운 이불 속에서 회한의 눈물을 흘리며 믿음이 가지 않는 임을 원망하고 있으며, 제5~6구에서는 늘 많은 이별의 아픔을 품고 살아가는 자신과 같은 사람을 연민하고 있다. 마지막 제7~8구에서는 차라리 오래도록 술에 취한 채 마음 내키는 대로 살며 현실의 아무런 고통도 알 수 없게 되기를 바라고 있다.

48. 웃음을 참으며

궁중 양식 옷에 옅게 그린 눈썹
저녁 되어 머리 빗고 씻으니 더욱 잘 어울리네.
수정 앵무새가 비녀 머리에서 흔들리니
소매 들어 부끄러운 척하며 웃음 참는 때라네.

忍笑

宮樣衣裳淺畫眉,[1] 晚來梳洗更相宜.[2]
水精鸚鵡釵頭顫,[3] 擧袂佯羞忍笑時.[4]

【주석】

1) 宮樣衣裳(궁양의상) : 궁중 양식의 의상.
2) 梳洗(소세) : 머리 빗고 씻다.
宜(의) : 합당하다. 어울리다.
3) 水精鸚鵡(수정앵무) : 수정으로 된 앵무새 장식.
釵頭(채두) : 쌍갈래비녀의 머리 부분.
顫(전) : 떨다. 흔들리다.
4) 擧袂(거메) : 소매를 들다.
佯(양) : ~인체 하다.

【해설】

이 시는 곱게 단장한 여인의 수줍고 아름다운 모습을 노래하고 있다.

제1~2구에서는 궁중 양식의 화려한 옷을 입고 정갈히 단장한 여인의 모습을 묘사하고 있는데, 화려한 의상과 옅게 그린 눈썹이 대비되며 여인의 청순한 내면이 드러나고 있다. 제3~4구에서는 비녀 머리에서 흔들리는 앵무새 장식을 통해 수줍어하며 웃음을 참는 여인의 모습을 나타내고 있다.

49. 버들을 노래하다

비바람에 하늘거리고 쓸려 스스로 지탱하지 못하고
온몸에 힘도 없이 사람 향해 드리웠네.
고운 손으로 꺾어 멀리 보내니
마치 관음보살 손에 있을 때와 같네.

詠柳

裊雨拖風不自持,[1] 全身無力向人垂.
玉纖折得遙相贈,[2] 便似觀音手裏時.[3]

【주석】

1) 裊(뇨) : 간드러지다. 하늘거리다.
拖(타) : 끌다. 당기다.
自持(자지) : 스스로 지탱하다. 비바람에 쓸리지 않는 것을 말한다.
2) 玉纖(옥섬) : 가늘고 고운 손. 섬섬옥수纖纖玉手.
3) 便似(변사) : 바로 ~인 듯하다.
觀音(관음) : 관음보살觀音菩薩. 불가에서 중생을 구제하고 극락세계로 인도하는 보살. 버들가지로 정병淨甁에 담긴 감로수를 사바세계에 뿌려 재앙을 없애고 중생을 고통으로부터 구제한다고 한다.

【해설】

이 시는 버들을 노래한 것으로, 버들에 자신을 기탁하여 임을 향한 사랑을 나타내고 있다.

제1~2구에서는 비바람에 쓸리며 스스로를 지탱하지 못하는 버들을 묘사하며 여리고 나약하기만 한 자신을 비유하고, 사람을 향해 가지를 드리운 모습으로 임에게로 향하는 자신의 사랑을 말하고 있다. 제3~4구에서는 버들을 꺾어 멀리 있는 임에게 보내는 것으로 자신의 마음을 전하고, 관음보살의 버들처럼 임과 자신이 모든 재앙과 고통에서 벗어나 행복하게 살 수 있기를 바라고 있다.

50. 친밀한 정

살쩍머리에 붙인 연꽃 차가운 머리칼에 붙어 있고
연유 피부에 빛이 통해 성성이 피처럼 붉네.
얼마나 많은 사람이 낙수를 지났던가?
오직 진사왕만 비단 버선 보았을 뿐이라네.

密意

呵花貼鬢黏寒髮,[1] 凝酥光透猩猩血.[2]
經過洛水幾多人,[3] 唯有陳王見羅襪.[4]

【주석】

1) 呵花(가화) : 수련과睡蓮科에 속하는 꽃의 통칭. 연꽃이나 부용芙蓉 등을 가리킨다.

2) 凝酥(응수) : 응고된 연유煉乳. 여인의 부드럽고 윤기 있는 피부를 가리킨다.

猩猩(성성) : 성성이. 오랑우탄.

3) 洛水(낙수) : 강물 이름. 지금의 하남성河南省 낙하洛河이다.

4) 陳王(진왕) : 조식曹植. 조조曹操의 아들이자 위魏 문제文帝 조비曹丕의 동생이다. 진왕陳王에 봉해졌으며 시호가 '사思'인 까닭에 진사왕陳思王이라고도 한다. 일찍이 낙수를 지날 때 〈낙신부洛神賦〉를 지어 낙수의 여신 복비宓妃와의 사랑을 노래하였다.

羅襪(나말) : 비단 버선. 낙수의 여신 복비宓妃를 가리킨다. 조식의 〈낙신부〉에서 복비의 모습을 묘사하며 "파도를 타고 사뿐히 걸으니 비단 버선에 먼지가 피어나네.(陵波微步, 羅襪生塵)"라고 하였다.

【해설】

이 시에서는 여인의 아름다운 외모를 칭송하며 자신과의 운명적인 사랑을 노래하고 있다.

제1~2구에서는 머리에 붙인 연꽃 장식이 차가운 날씨에도 시들지 않음을 말하며 영원토록 변함없을 여인의 아름다움을 나타내고, 연유 같은 살결과 투명하고 붉은 피부를 통해 여인의 아름다운 모습을 세밀하게 묘사하고 있다. 제3~4구에서는 자신과 여인을 각각 조식과 낙수의 여신에 비유하고 있다. 낙수를 건너던 많은 사람 중 조식만 유일하게 낙수의 여신을 만났음을 말하며 자신과 여인의 운명적인 만남을 말하고 있다.

51. 우연히 만나

그네 타다 지쳐 비단 치마 벗고는
술 가리키며 한 잔 달라 하네.
손님 들어오는 것 보고는 웃으며 달아나
매실 만지작거리며 중문으로 숨네.

偶見

鞦韆打困解羅裙,[1] 指點醍醐索一尊[2]
見客入來和笑走,[3] 手搓梅子映中門.[4]

【주석】

1) 打困(타곤) : 피곤하다. 지치다. '타打'는 손을 써서 어떠한 일을 하는 것을 말하며, 여기서는 그네를 타는 것을 가리킨다.

2) 醍醐(제호) : 우유에서 정제한 기름. 좋은 술을 비유한다.
索(색) : 찾다. 구하다.

3) 和笑(화소) : 웃음 짓다. 부끄러움에 멋쩍어하는 모습을 말한다.

4) 搓(차) : 비비다. 만지작거리다.
梅子(매자) : 매실. 손에 가지고 노는 장난감이다. 이백李白의 〈장간행長干行〉에 "당신은 죽마를 타고 와, 우물 난간을 돌며 푸른 매실을 가지고 놀았네.(梅子郎騎竹馬來, 繞牀弄青梅)"라 하였다.
映(영) : 숨다. 가리다.
中門(중문) : 중간 문. 집의 내실과 외실 사이에 있는 문을 가리킨다.

【해설】

이 시는 다른 집을 방문하였다가 우연히 만난 여인의 모습을 노래한 것으로, 집 안에서 편안하게 지내다 갑자기 손님을 맞은 여인의 당혹감과 부끄러움이 나타나 있다.

제1~2구에서 여인은 한껏 그네 타고 놀다가 지쳐 치마도 벗어버리고 시녀에게 술 한 잔 가져오라 청하고 있다. 제3~4구에서는 갑자기 찾아온 손님을 보고 놀라 어색한 웃음 지으며 달아나서는 중문에 숨어 매실을 가지고 놀면서 마치 처음부터 그곳에 있었던 양 하고 있다. 흐트러진 모습을 감추고 정숙하게 보이고 싶어 하는 여인의 행동에서 아마도 찾아온 손님이 평소 여인의 마음에 있었던 사람은 아니었을까 여겨진다.

52. 한식날 밤에 부쳐

사랑이란 무릇 어찌할 줄 모르는 것
이때의 그리움은 반드시 애간장을 끊는다네.
구름 엷고 달 어두운 한식날 밤
발 너머 가랑비 속에 살구꽃은 향기롭네.

寒食夜有寄

風流大抵是倀倀,[1] 此際相思必斷腸,[2]
雲薄月昏寒食夜, 隔簾微雨杏花香.[3]

【주석】

1) 風流(풍류) : 풍취가 있고 고상하게 노니는 것. 여기서는 남녀 간의 사랑을 가리킨다.
倀倀(창창) : 멍하니 어찌할 바를 모르는 모양.
2) 此際(차제) : 이때. 한식날을 가리킨다.
斷腸(단장) : 애간장을 끊다. 슬픔이 극에 달하는 것을 비유한다.
3) 微雨(미우) : 가랑비.

【해설】

이 시는 한식날 밤에 임 그리며 홀로 있는 여인의 슬픔을 노래하고 있다. 한식날은 동지冬至가 지나 105일째 되는 날로, 주로 청명淸明과 같은 날이거나 다음날이 된다. 청명은 교외에서 남녀가 만나 답청놀이를 하며 즐기는 날인 까닭에, 임과 함께 할 수 없는 여인의 슬픔은 이날 더욱 깊을 수밖에 없다.

제1~2구에서는 어찌할 수 없는 사랑의 감정을 안타까워하며 임에 대한 그리움 속에 홀로 보내는 한식날 밤을 비통해하고 있다. 제3~4구에서는 엷은 구름과 희미한 달빛이 비치는 청명한 하늘의 경관과 가랑비 속에 살구꽃 향기가 피어나는 아름다운 지상의 경관을 묘사하며 여인의 처량한 신세와 대비시키고 있다.

53. 최국보체를 본 떠 4수

(1)
어스름 달빛은 뜰 가운데를 비추고
해당화는 절로 떨어지네.
홀로 서서 고요한 계단 굽어보니
바람에 그넷줄은 흔들리네.

效崔國輔體四首[1]

其一
澹月照中庭,[2] 海棠花自落.[3]
獨立俯閑階,[4] 風動鞦韆索.[5]

【주석】

1) 崔國輔(최국보) : 당대唐代 시인으로 오군吳郡(지금의 강소성江蘇省 소주시蘇州市) 사람이다. 개원開元 14년(726)에 진사進士가 되어 산음위山陰尉, 허창령許昌令, 예부원외랑禮部員外郞 등을 역임하였으며, 천보天寶 11년(752) 왕홍王鉷의 죄에 연루되어 진릉사마晉陵司馬로 폄적되었다. 맹호연孟浩然, 이백李白 등과 교유하였으며 오언절구로 특히 명성이 있었다. 그의 오언절구는 남조 민가의 전통을 계승하여 주로 여인의 정을 많이 나타내었다.
2) 澹月(담월) : 어스름한 달, 또는 달빛.
3) 海棠(해당) : 장미과의 낙엽관목. 늦봄에서 초여름 사이에 홍자紅紫색의 꽃이 피며, 바닷가 모래땅에서 많이 자란다.
4) 閑階(한계) : 인적이 없는 고요한 계단.

5) 鞦韆索(추천삭) : 그넷줄.

【해설】

이 시는 달밤에 잠 못 이루고 홀로 정원을 바라보고 있는 여인을 노래하고 있다.

제1~2구에서 어스름 달빛과 지는 해당화는 여인의 침울한 심정과 저무는 청춘을 비유하고 있으며, 제3~4구의 인적 없는 계단과 빈 그넷줄에서 여인의 외로움과 상실감을 느낄 수 있다. 형식상 각 구마다 교묘한 시상의 배치와 대비가 드러나고 있다. 제1~2구에서는 묘사의 대상을 달빛과 해당화 같은 자연 사물을 중심으로 하고, 제3~4구에서는 계단과 그넷줄 같은 인공 사물을 중심으로 함으로써 전반과 후반을 대비시키고 있다. 또한 각 구의 동사를 '비치다[照]', '떨어지다[落]', '굽어보다[俯]', '흔들리다[動]'로 삼음으로써 구마다 정靜과 동動이 교차되도록 하고 있다.

(2)

비 온 후 푸른 이끼 자욱한 정원
서리 내려 붉은 잎 가득한 누대.
고요한 계단으로 기운 해가 오르고
앵무새는 시름겨운 사람과 짝하네.

其二

雨後碧苔院,[1] 霜來紅葉樓.
閑階上斜日,[2] 鸚鵡伴人愁.[3]

【주석】

1) 碧苔(벽태) : 푸른 이끼.

2) 上(상) : 올라오다. 저무는 햇빛이 계단을 따라 올라오는 것을 가리킨다.

3) 鸚鵡(앵무) : 앵무새. 사람의 말을 잘 흉내 낸다.

【해설】

앞 시에 이어 정원을 바라보며 시름에 빠져 있는 여인을 노래하고 있다.

제1~2구에서는 비 온 후 정원 가득 자라나는 푸른 이끼와 서리 맞아 누대에 가득한 붉은 잎을 통해, 날로 커져만 가는 그리움과 임을 향한 변함없는 마음을 나타내고 있다. 제3~4구에서는 또 하루해가 덧없이 저물어가고 있음을 말하며, 차마 드러내지 못하는 마음속 시름의 말들을 앵무새의 입을 통해 대신 말하게 하고 있다.

(3)

술기운에 잠은 더욱 쏟아지고
희미하게 거리의 북소리 들려오네.
날 밝으려 하니 날씨는 더욱 추워지고
동풍은 비 오는 창을 두드리네.

其三

酒力滋睡眸,[1]　　　鹵莽聞街鼓.[2]
欲明天更寒,　　　東風打窗雨.

【주석】

1) 滋(자) : 증가하다. 성하다.

睡眸(수모) : 졸린 눈동자. 잠을 의미한다.

2) 鹵莽(노망) : 분명하지 않다. 희미하다.

【해설】

긴 밤 홀로 잠 못 이루는 여인의 쓸쓸한 심정을 노래하고 있다.

제1~2구에서는 술에 의지해서나마 시름을 잊어보려 하지만, 날이 밝아 거리의 북소리가 들려오도록 깊은 잠을 이루지 못하고 있다. 제3~4구에서는 날이 밝을 무렵 더욱 한기를 느끼면서, 창을 두드리는 비바람 소리에 자신의 눈물과 흐느낌을 기탁하고 있다.

(4)

비단 휘장에 봄 한기 생겨나니
수놓은 창에서 시름에 잠 못 이루네.
남쪽 호수에 밤새 비 내리니
연밥 따는 배는 분명 젖어 있으리.

其四

羅幕生春寒, 繡窗愁未眠.
南湖一夜雨,[1] 應濕采蓮船.[2]

【주석】

1) 一夜(일야) : 밤새.

2) 采蓮船(채련선) : 연밥 따는 배. 여기서는 임을 찾는 자신을 비유한다. 연밥은 '연자蓮子'로, 임을 의미하는 '연자戀子'와 쌍관어로 쓰인다.

【해설】

봄날 임 그리운 시름에 빠져 있는 여인을 노래하고 있다.

제1~2구에서는 비록 봄이 되었지만 임이 없는 탓에 춥게만 느껴질 뿐임을 말하며 시름에 잠 못 이루고 있다. 제3~4구에서는 밤새 내린 비에 흠뻑 젖어 있을 연밥 따는 배를 상상하며, 밤새도록 눈물 흘리며 슬픔과 그리움에 젖어 있는 자신을 나타내고 있다.

54. 북위 때 상주 사람들이 〈이파소매가〉를 지었는데, 온전하지 않은 듯하여 이를 보충하다

이파의 여동생은 이름이 옹용인데,
끼인 옷 짧은 소매에 오랑캐 비단은 붉네.
정이 있어 양효왕의 궁전을 꿈꿀 줄 모르니
어찌 자신의 아름다움으로 오궁의 미녀들을 시기했으리?
손잡아 끌어와 술맛 알게 하기도 어려우니
슬퍼 바라보며 봄날의 권태로움만 느끼게 하네.
해당화 아래 그네 가에서
남몰래 살쩍머리 매만지며 바쁘다고 말하네.

後魏時, 相州人作李波小妹歌, 疑其未備, 因補之[1]

李波小妹字雍容, 窄衣短袖蠻錦紅.[2]
未解有情夢梁殿,[3] 何曾自媚妒吳宮.[4]
難教牽引知酒味, 因令悵望成春慵.[5]
海棠花下鞦韆畔,[6] 背人撩鬢道忽忽.[7]

【주석】

1) 後魏(후위) : 북위北魏. 남북조시기 선비족鮮卑族 탁발규拓跋珪가 건국한 나라로, 앞서 조비曹丕가 건국한 위魏와 구분하여 이와 같이 불렀다.
相州(상주) : 북위의 주명州名. 치소는 업鄴(지금의 하북성河北省 임장현臨漳縣 서북쪽)에 있었다.

李波小妹歌(이파소매가) : 북위의 민가民歌. ≪위서魏書 · 이안세전李安世傳≫에 따르면 광평廣平 사람 이파李波와 그 가문 사람들이 세력이 강성하여 백성들을 살육하고 약탈하니 이를 백성들이 노래하기를, "이파의 여동생은 이름이 옹용인데 치마 걷고서 말 달리니 바람에 날리는 쑥 같고 좌우로 활을 쏘니 반드시 두 발씩이라네. 여자가 이와 같으니 남자를 만날 수나 있겠는가?(李波小妹字雍容, 褰裙逐馬如卷蓬, 左射右射必疊雙, 婦女尚如此, 男子那可逢)"라고 하였다. 후에 이안세가 계략을 세워 이파와 그 조카 30여 명을 업鄴의 저자에서 죽여 비로소 고을이 평온하게 되었다.

2) 窄衣(착의) : 몸에 끼는 옷.
   蠻錦(만금) : 서남과 남방의 소수민족들이 짠 비단.
3) 未解(미해) : 알지 못하다. 궁전에서 노닐고 싶어 하는 마음이 없었음을 말한다.
   梁殿(양전) : 서한西漢 양효왕梁孝王의 궁전. 토원兎園 또는 양원梁園이라고도 하며, 양효왕이 이곳에 왕실의 정원을 만들고 사마상여司馬相如 등과 같은 빈객들을 초대하여 즐겼다.
4) 吳宮(오궁) : 춘추시기 오吳나라 궁궐. 여기서는 오나라 궁궐의 미녀들을 가리킨다.
5) 春慵(춘용) : 봄날 느끼는 권태나 무료함.
6) 海棠(해당) : 장미과의 낙엽관목. 늦봄에서 초여름 사이에 홍자紅紫색의 꽃이 피며, 바닷가 모래땅에서 많이 자란다.
7) 背人(배인) : 다른 사람을 피하다. 남몰래.
   撩鬢(요빈) : 살쩍머리를 매만지다.
   怱怱(총총) : 바쁜 모양.

【해설】

이 시는 북위北魏의 민가 〈이파소매가李波小妹歌〉의 내용을 바탕으로 이를 보충한 것이다. 원곡이 이파 여동생의 거칠고 강인한 겉모습을 말하며 그녀를 기롱하고 있는 것에 비해, 이 시에서는 그녀의 아름다운 외모와 여리고 수줍은 속마음을 보충하며 이를 찬미하고 있다.

제1~2구에서는 원곡의 내용을 바탕으로 그녀의 외면을 묘사하고 있는데, 몸매가 드러나 보이는 짧은 소매의 옷과 붉은색 비단으로 여인의 농염한 모습을 부각하고 있다. 제3~4구에서는 그녀에게는 여느 여인들처럼 아름답게 치장하고 궁전을 노닐고 싶어 하는 마음이 없어, 자신의 미모를 과시하며 궁전의 다른 여인들을 시기하거나 질투하는 일도 없었음을 말하고 있다. 제5~6구에서는 그녀를 술자리로 데려와서 함께 즐기기 어려우니, 그녀로 하여금 그저 슬퍼하며 무기력한 봄날을 보내게 할 뿐임을 안타까워하고 있다. 마지막 제7~8구에서는 봄날 해당화 아래에서 그네를 타고, 남몰래 슬쩍 머리 매무시를 바로 하며 바쁘다 핑계 대고 있는 수줍고 귀여운 여인의 모습이 나타나 있다.

55. 봄날 낮에

봄날 따스하고 아름다워
크게 취해 즐거워하니
물시계 항아리는 길어지는 낮을 더하고
물시계 바늘은 좋은 밤을 줄이네.
등나무는 창 들고 선 대문에 드리우고
버드나무는 강의 다리를 스치는데
주렴 휘장 밖엔 제비 날고
연못 위엔 때까치 떠 있네.
피부는 맑고 팔은 수척하며
적삼은 얇고 향기는 다하였는데
초나라 궁전에서처럼 옷은 몸에 끼이고
남조 여인들처럼 쪽머리는 높이 솟았네.
하양에 있는 현은
맑은 물결에 땅은 아득한데
토사자는 얽히고 이슬은 우니
각자 의지할 곳이 없네.

春晝

春融豔豔,[1] 大醉陶陶.[2]
漏添遲日,[3] 箭減良宵.[4]
藤垂戟戶,[5] 柳拂河橋.

簾幕燕子, 池塘伯勞.[6]
膚清臂瘦, 衫薄香銷.
楚殿衣窄,[7] 南朝髻高.[8]
河陽縣遠,[9] 清波地遙.[10]
絲纏露泣,[11] 各自無憀.[12]

【주석】

1) 春融(춘융) : 봄날의 따스함.
   豔豔(염염) : 곱고 예쁜 모양.
2) 陶陶(도도) : 즐거움이 가득한 모양.
3) 漏(루) : 물을 담는 항아리. 누호漏壺. 물시계를 가리킨다.
   遲日(지일) : 더딘 해. 하루해가 점점 길어가는 것을 말한다.
4) 箭(전) : 화살. 물시계의 바늘을 가리킨다.
5) 戟戶(극호) : 창을 든 병사들이 앞을 지키고 있는 문. 고관高官의 집을 가리킨다.
6) 伯勞(백로) : 때까치. '결鴂' 또는 '격鶪'이라고도 한다. 까치보다 몸집이 작으며 연못이나 호수 등에서 물고기나 개구리 등을 먹고 산다.
7) 楚殿衣(초전의) : 초楚나라 궁궐의 옷. 몸에 끼는 옷을 가리킨다. ≪묵자墨子 · 겸애중兼愛中≫에 "옛날 초나라 영왕은 사람들의 가는 허리를 좋아하였으니, 따라서 영왕의 신하들은 모두 한 끼만 먹는 것을 절도로 삼았으며 팔을 짚은 연후에야 상체를 일으키고 담에 의지한 연후에야 몸을 일으킬 수 있었다.(昔者, 楚靈王好士細腰, 故靈王之臣皆以一飯爲節, 據肱然後興, 扶牆然後起)"라 하였다.
8) 南朝髻(남조계) : 남조南朝 여인의 쪽머리. 높이 말아 올려 쪽 찐 머리를 가리킨다.
9) 河陽(하양) : 지명. 지금의 하남성河南省 맹현孟縣 부근이다. 여기서는 임이 떠나가 있는 곳을 가리킨다.

10) 淸波(청파) : 맑은 물결.

11) 絲纏(사전) : 토사자兎絲子가 얽히다. 토사자는 1년생 초본 기생식물로, 다른 식물을 감거나 서로 얽히어 자란다. 여기서는 '사絲'와 '사思'를 쌍관어로 사용하여 그리움이 생겨나는 것을 나타내었다.
露泣(노읍) : 이슬이 울다. 이슬이 맺힌 것을 가리키며, 여기서는 여인의 눈물을 비유한다.

12) 各自(각자) : 앞 구의 토사자와 이슬을 가리키며, 여기서는 여인을 비유한다.
憀(료) : 의지하다.

【해설】

이 시는 봄날 한낮의 경관을 바라보며 쓸쓸히 시름에 잠겨 있는 여인을 묘사하고 있다.

제1~4구에서는 따스한 기운과 아름다운 풍경이 가득한 봄날에 흠뻑 취해 봄의 정취를 만끽하고 있음을 말하고, 낮과 밤이 점차 길어지고 줄어드는 시간의 변화를 통해 봄을 특징적으로 나타내고 있다. 제5~8구에서는 대문과 다리, 방과 연못 등 근경과 원경으로 시선을 번갈아 옮겨가며 봄날 낮의 한가롭고 고요한 경관을 묘사하고 있다. 제9~12구에서는 야윈 팔과 사라진 향기를 통해 여인의 시름과 외로움을 나타내고, 관능적이고 화려한 차림새를 한 여인의 모습을 묘사하고 있다. 제13~16구에서는 그리운 임이 멀리 떨어져 있음을 말하고, 얽혀 있는 토사자와 눈물처럼 맺힌 이슬에 여인을 비유하며 임을 향한 그리움과 슬픔을 나타내고 있다.

56. 세 가지 추억

잠자던 때를 추억하니,
봄 꿈에 피곤하여 몽롱했고
뒤척이며 일어나지 못하고
옥비녀 베개 끝에 드리웠었네.

걷던 때를 추억하니,
뒷짐 지고 황금 까치 장식 매만지고
미소 띠며 천천히 고개 돌리며
난간 모퉁이 돌아 거닐었었네.

떠날 때를 추억하니,
달 향해 천천히 가고
동무와 일부러 말하고 장난하며
임이 웃음소리 듣게 하려 했었네.

三憶

憶眠時, 春夢困騰騰.[1]
展轉不能起,[2] 玉釵垂枕稜.[3]

憶行時, 背手挼金雀.[4]
斂笑慢回頭,[5] 步轉闌干角.[6]

憶去時, 向月遲遲行.[7]

強語戲同伴,8　　　圖郎聞笑聲.9

【주석】

1) 騰騰(등등) : 몽롱한 모양. 정신이 흐릿한 모양.

2) 展轉(전전) : 뒤척이다. '전전輾轉'과 같다.

3) 垂(수) : 드리우다. 비녀가 기울어져 흘러내리는 것을 가리킨다.
   稜(릉) : 모퉁이. 끝.

4) 背手(배수) : 손을 뒤로 하다. 뒷짐을 지고 걷는 것을 말한다.
   挼(뇌) : 만지작거리다.
   金雀(금작) : 비녀 끝에 있는 황금 참새 장식.

5) 斂笑(염소) : 웃음을 참다. 미소를 띠는 것을 말한다.

6) 步轉(보전) : 빙 돌아서 걷다.
   闌干(난간) : 다리나 건물 가장자리에 추락을 방지하기 위해 설치한 구조물. '난간欄干', 혹은 '난간欄杆'이라고도 한다.
   角(각) : 모퉁이. 구석.

7) 遲遲(지지) : 느릿느릿 걷는 모양.

8) 强語(강어) : 일부러 말을 하다. 아무렇지 않은 척하는 것을 말한다.

9) 圖(도) : 의도하다. ~하려 하다.

【해설】

이 시는 여인과 함께 했던 추억을 회상한 것으로, 여인의 일상의 모습과 행동을 묘사하며 자신에 대한 사랑과 배려를 나타내고 있다.

첫 번째 단락에서는 잠자는 여인의 모습을 회상하고 있다. 봄 꿈의 피곤함은 꿈속에서 임을 찾아 헤매다녔던 상황을 말하며, 자리에서 뒤척이며 일어나지 못하고 있는 모습은 여인의 상실감과 무력감을 보여준다.

두 번째 단락에서는 정원을 거니는 여인의 모습을 회상하고 있다. 우아한 자태와 화려한 장식, 미소를 잃지 않는 여유로움과 단아한 걸음걸이로 여인의 고상한 품격과 격조를 나타내고 있다.

세 번째 단락에서는 이별할 때 여인의 모습을 회상하고 있다. 달을 향해 더디게 가는 발걸음을 통해 여인의 아름다운 모습과 차마 떠나지 못하는 아쉬움을 나타내고 있다. 또한 일부러 아무렇지 않은 듯 동무와 떠들고 장난하며 자신의 웃음소리를 임이 듣게 하려는 모습에서 행여 임이 이별에 가슴 아파하지 않도록 배려하는 마음을 느낄 수 있다.

57. 육언 3수

(1)

봄 누대의 처녀는 성을 기울이는 미모요
금릉의 풍류객은 정이 많다네.
아침 구름과 저녁 비로 만나고
비단 버선과 수놓은 이불로 함께 하였네.
화산의 오동나무는 서로 덮였고
만강의 두구는 얽혀 자랐네.
그윽한 기쁨 다하지 못하고 이별하니
날 밝도록 은하수 슬피 바라보네.

六言三首

其一

春樓處子傾城,[1]　　金陵狎客多情.[2]
朝雲暮雨會合,[3]　　羅襪繡被逢迎.[4]
華山梧桐相覆,[5]　　蠻江豆蔻連生.[6]
幽歡不盡告別,[7]　　秋河悵望平明.[8]

【주석】

1) 處子(처자) : 처녀處女. 젊은 여인.
傾城(경성) : 성을 기울이다. 온 성 사람들이 몰려가 구경할 정도로 미모가 빼어난 것을 가리킨다. ≪한서漢書 · 외척전外戚傳≫에 이연년李延年이 한漢 무제武帝를 모시다 일어나 춤추며 노래하기를, "북쪽에 아리따운 미인이 있어, 세상에 빼어나 홀로 우뚝하네. 한 번 돌아보면 성 사람들을 기울게 하고, 두 번 돌아보면 나라 사람들을 기울게 하네. 성을 기울게 하고 나라를 기울게 하는 미인을 어찌 알아보지 못하는가? 미인은 다시 얻기 어렵다네.(北方有佳人, 絶世而獨立. 一顧傾人城, 再顧傾人國. 寧不知傾城與傾國, 佳人難再得)"라 하였다.

2) 金陵(금릉) : 지금의 강소성江蘇省 남경시南京市. 전국시기 초楚 위왕威王 7년(B.C. 333)에 월越나라를 멸하고 지금의 남경시 청량산淸涼山에 금릉읍金陵邑을 설치하였다.

狎客(압객) : 지위 높은 사람과 함께 어울려 노니는 사람. 여기서는 풍류객을 가리킨다.

3) 朝雲暮雨(조운모우) : 아침 구름과 저녁 비. 초楚 회왕懷王과 이른바 '운우지정雲雨之情'을 나누었던 무산신녀巫山神女를 가리킨다. 송옥宋玉의 〈고당부서高唐賦序〉에서 "옛날 선왕께서 고당을 노닐다 피곤하여 낮잠을 주무시는데 꿈에 한 여인이 나타나 말하기를 '저는 무산의 여인으로서 잠시 고당에 들렀는데, 임금께서 고당을 노닌다는 말을 듣고서 잠자리를 돌보기 원합니다.'라 하니, 왕께서 그녀에게 갔다. 여인이 떠나며 작별하여 말하기를, '저는 무산의 남쪽, 고구의 북쪽에서 아침에는 아침 구름이 되고 저녁에는 내리는 비가 되어 아침마다 저녁마다 양대에 있습니다.'라 하였다. 아침에 보니 말한 것과 같아, 사당을 세우고 조운묘라 불렀다.(昔者先王嘗遊高唐, 怠而晝寢, 夢見一婦人, 曰, 妾巫山之女也, 爲高唐之客. 聞君遊高唐, 願薦枕, 王因幸之. 去而辭曰, 妾在巫山之陽, 高丘之阻. 旦爲朝雲, 暮爲行雨, 朝朝暮暮, 陽臺之下. 旦朝視之如言, 故爲立廟, 號曰朝雲)"라 하였다.

4) 羅襪(나말) : 비단 버선. 낙수洛水의 여신 복비宓妃를 가리킨다. 조식曹植의 〈낙신부洛神賦〉에서 복비의 모습을 묘사하며 "파도를 타고 사뿐히 걸으니 비단 버선에 먼지가 피어나네.(陵波微步, 羅襪生塵)"라 하였다.

繡被(수피) : 아름답게 수놓은 이불.

5) 華山(화산) : 중국의 명산으로 꼽히는 오악五嶽 중의 하나인 서악西嶽. 지금의 섬서성陝西省 화음시華陰市 남쪽에 있다.

6) 蠻江(만강) : 청의강青衣江. 사천四川 지역을 흐르며 낙산樂山에서 민강岷江과 합류한다. 남방 소수민족 지역에 흐르는 강을 범칭하기도 한다.

豆蔻(두구) : 두구荳蔻. 콩과의 식물로, '초두구草荳蔻' 또는 '백두구白荳蔻'라 부르기도 한다. 잎이 크고 꽃의 색이 황색이며 열매와 씨앗은 약으로 사용된다.

7) 幽歡(유환) : 깊고 그윽한 기쁨과 즐거움.

8) 秋河(추하) : 은하수.

平明(평명) : 날이 밝아올 무렵. 동틀 녘.

【해설】

이 시는 임과 밤을 함께 하고 이별한 여인의 슬픔을 노래하고 있다. 제1~2구에서는 젊고 아름다운 여인이 다정한 풍류객과 깊은 사랑에 빠졌음을 말하고, 제3~4구에서는 이들의 만남과 사랑을 무산신녀와 초 회왕, 복비와 조식의 사랑에 비유하고 있다. 제5~6구에서는 서로 덮여 있는 오동나무와 엉기어 자라는 두구를 묘사하며 남녀의 교합의 상황을 말하고, 마지막 제7~8구에서는 임을 떠나보내고 은하수 바라보며 날이 밝아오도록 상심에 빠져있는 여인의 모습을 나타내고 있다.

(2)

외로운 등불 앞, 비 내리는 밤
삼월 다하고 풀 푸른 때라네.
춥지도 덥지도 않아 마침 좋건만
꽃 피었다 꽃 지도록 그리워만 하네.
슬픔은 헛되이 꿈에서나 만나게 하고

괴로움은 늘 술의 비통함이 되네.
붉은 소매 마르지 않음을 누가 알리?
굽이진 옅은 눈썹 문질러 뭉개졌네.

其二
一燈前雨落夜, 三月盡草青時.
半寒半暖正好,[1] 花開花謝相思.[2]
惆悵空教夢見,[3] 懊惱多成酒悲.[4]
紅袖不乾誰會, 揉損聯娟澹眉.[5]

【주석】

1) 半寒半暖(반한반난) : 춥고 따뜻함이 반씩이다. 춥지도 덥지도 않은 것을 말한다.
2) 花謝(화사) : 꽃이 시들다.
3) 惆悵(추창) : 상심하다. 슬퍼하다.
   教(교) : ~하게 하다. 사역형.
4) 懊惱(오뇌) : 괴로움. 번뇌.
   酒悲(주비) : 술을 마시며 비통함에 빠지다.
5) 揉損(유손) : 문질러 뭉개어지다. 눈물 닦는 소매로 인해 눈썹 화장이 뭉개진 것을 말한다.
   聯娟(연연) : 가늘게 굽이진 모양.

【해설】

이 시는 사랑하는 임을 만나지 못하는 여인의 슬픔을 노래하고 있다. 제1~2구에서는 비 오는 밤 홀로 등불 앞에 앉아 저무는 봄을 보내고 있는 여인을 말하고, 날로 푸르러지는 풀로 임을 향해 짙어져만 가는 그리움을 나타내고 있다. 제3~4구에서는 좋은 날을 임과 함께 하지 못하고 꽃이 피고 지도록 그저 그리워만 하고 있음을 말하고 있다. 제5~6구에서는 꿈에서밖에 임을 만날 수 없어 늘 술에 취해 비통해하고 있음을 말하고, 마지막 제7~8구에서는 눈물 젖어 마를 날 없는 소매와 뭉개진 눈썹 화장으로 여인의 그치지 않는 깊은 슬픔을 나타내고 있다.

(3)
이곳의 푸른 풀은 더욱 멀리까지 이어져
다만 헛되이 물가 모래섬만 감싸고 있지는 않네.
그곳의 아침 해는 이제야 떠서
분명 서쪽 누각을 먼저 비추고 있겠지.
그리움의 눈물은 이로 인해 회한의 눈물이 되고
꿈속의 헤매임은 늘 마음속의 헤매임을 잇는다네.
도원동 입구에 오시지는 않았을까?
붉은 부절과 무지개 깃발 속에 오래도록 머물러 계시네.

其三
此間青草更遠,[1] 不唯空繞汀洲.[2]
那裏朝日才出,[3] 還應先照西樓.[4]
憶淚因成恨淚, 夢遊常續心遊.[5]
桃源洞口來否,[6] 絳節霓旌久留.[7]

【주석】
1) 此間(차간) : 이곳. 여인이 있는 곳을 가리킨다.
2) 不唯(불유) : 다만 ~하지는 않다.

汀洲(정주) : 물가 모래섬.

3) 那裏(나리) : 그곳. 임이 있는 곳을 가리킨다.
4) 西樓(서루) : 서쪽 누각. 여인이 있는 곳을 비유한다.
5) 夢遊(몽유) : 꿈속에서 임을 찾아 이리저리 찾아 헤매다. 잠이 들었을 때의 상태를 말한다.

   心遊(심유) : 마음속으로 그리워하며 찾아 헤매다. 깨어 있을 때의 심정을 말한다.
6) 桃源洞(도원동) : 도가道家에서 말하는 이상향. 이곳과 관련해서는 두 가지 이야기가 전한다. 하나는 도잠陶潛의 〈도화원기桃花源記〉에 나오는 곳이다. 진晉나라 때 무릉武陵의 어부가 길을 헤매다 도화원에 들어가게 되었는데, 그곳에는 진秦나라의 혼란을 피해 들어온 사람들이 살고 있었다고 한다. 다른 하나는 동한東漢의 유신劉晨과 완조阮肇와 관련된 곳이다. 유신과 완조가 천태산天台山에 약초를 캐러 갔다가 길을 잃어 도원동으로 들어가 그곳에서 두 선녀를 만나 서로 부부가 되어 살았는데, 후에 다시 세상으로 나와 보니 이미 7대代가 지나 있었다고 한다. 여기서는 두 번째 이야기와 관련이 있는 것으로, 남녀가 만나 사랑하는 곳을 의미한다.
7) 絳節(강절) : 붉은색 부절符節. 전설상 상제上帝나 신선의 의장儀仗이다.

   霓旌(예정) : 무지개색 깃발. 전설상 상제上帝나 신선의 의장儀仗이다.

【해설】

이 시에서는 기다려도 오지 않는 임을 원망하고 있다.

제1~2구에서는 여인이 있는 곳에 물가 모래섬을 뒤덮고 풀이 멀리까지 무성하게 자라나 있는 모습을 묘사하며, 임을 향해 날로 커져만 가는 여인의 그리움을 비유하고 있다. 제3~4구에서는 임이 있는 곳을 상상하며, 그곳에 떠오른 아침 해는 응당 반대편 서쪽 누각을 먼저 비출 것이라는 말로써 자신을 돌아보지 않은 임을 원망하고 있다. 제5~6구에서는 야속한 임으로 인해 그리움은 회한이 되고, 꿈속에서도 깨어 있을 때와 마찬가지로 임을 찾아 혼이 떠돌고 있음을 말하고 있다. 마지막 제7~8구에서는 임이 혹 오지는 않았을까 기대감을 나타내지만, 선경仙境 속에서 오래도록 머물며 돌아오지 않고 있음을 안타까워하고 있다.

58. 한식날 이씨의 정원 정자에서 다시 노닐다 느낀 바 있어

지난날 함께 난새 장식 다리 위에 있으며
붉은 난간에 기대어 버들 솜을 노래했었는데,
오늘 홀로 꽃 사이 작은 길로 오니
사람 자취 다시 없고 이끼만 있네.
삼천 리 먼 이별에 마음은 상하고
손꼽아 그리워한 지 사오 년.
생각해보니 알겠네, 타향에서 좋은 절기 만나
임 또한 그리워하며 남몰래 처연해 하실 것을.

寒食日重遊李氏園亭有懷

往年同在鸞橋上,[1] 見倚朱闌詠柳綿.[2]
今日獨來香徑裏,[3] 更無人跡有苔錢.[4]
傷心闊別三千里,[5] 屈指思量四五年.[6]
料得他鄉遇佳節,[7] 亦應懷抱暗淒然.[8]

【주석】

1) 鸞橋(난교) : 난새 장식이 있는 다리.
2) 見倚(견의) : 기대다. '견見'은 어조사.
柳綿(유면) : 버들 솜. '유서柳絮'와 같다.
3) 香徑(향경) : 향기로운 길. 꽃 사이로 난 작은 길을 가리킨다.
4) 苔錢(태전) : 이끼. 이끼의 모양이 동전과 같아 이와 같이 불렀다.

5) 闊別(활별) : 멀리 이별하다.

6) 屈指(굴지) : 손가락을 꼽아 헤아리다. 멀지 않은 만날 날을 기다리는 것을 말한다.

7) 料得(요득) : 짐작하여 알다.

佳節(가절) : 좋은 절기. 여기서는 한식날을 가리킨다.

8) 懷抱(회포) : 가슴에 품다. 그리워하다.

凄然(처연) : 처량히 슬퍼하는 모양.

【해설】

이 시는 한식날에 임과 함께 노닐던 곳을 찾아가 감회를 노래한 것으로, 임과의 옛 추억을 회상하며 오래도록 멀리 헤어져 있는 임을 그리워하고 있다.

제1~2구에서는 옛날 임과 노닐었던 정원을 다시 찾아가, 함께 다리를 거닐고 누각 난간에 기대어 아름다운 봄의 경관을 노래했던 일을 회상하고 있다. 제3~4구에서는 옛날 함께 거닐던 작은 꽃길을 지금은 홀로 걷고 있음을 말하며, 인적 없이 이끼만 무성한 길을 통해 임의 부재와 자신의 쓸쓸함을 나타내고 있다. 제5~6구에서는 임이 먼 곳으로 떠나갔음을 말하며, 이내 찾아올 것 같았던 재회의 시간이 사오 년이 되도록 오지 않음을 슬퍼하고 있다. 마지막 제7~8구에서는 먼 타향에 있는 임의 모습을 상상하며, 임 또한 한식날을 맞아 자신을 그리워하며 남몰래 가슴 아파하고 있으리라 생각하고 있다.

59. 그리움에 옛날 시를 책 위에 쓰다 처연히 느낀 바가 있어 한 수 쓰다

짧은 시를 모아 엮어 책에다 옮겨 쓰니
사소한 일부터 마음속 일들까지 생각나네.
홀로 읊조리다 홀로 우는 것을 아는 사람 없으니
봉래산 첫째가는 사람에게 애간장이 끊어지네.

思錄舊詩於卷上, 淒然有感, 因成一章

緝綴小詩鈔卷裏,[1] 尋思閑事到心頭.[2]
自吟自泣無人會,[3] 腸斷蓬山第一流.[4]

【주석】

1) 緝綴(집철) : 모아서 엮다.
鈔(초) : 베끼다. 옮겨 쓰다. '초抄'와 같다.

2) 閑事(한사) : 별 것 아닌 일. 사소한 일.
心頭(심두) : 마음속. 여기서는 마음에 간직된 일을 가리킨다.

3) 會(회) : 알다. 이해하다.

4) 蓬山(봉산) : 봉래산蓬萊山. 전설상의 세 신산神山 중의 하나. ≪사기史記 · 진시황본기秦始皇本紀≫에 "바다 가운데 세 개의 신산이 있는데 봉래산, 방장산, 영주산이라 하며 그곳에는 신선들이 살고 있다.(海中有三神山, 名曰蓬萊, 方丈, 瀛洲, 仙人居之)"라 하였다. 또한 ≪한서漢書 · 교사지郊祀志≫에는 "제나라 위왕과 선왕, 연나라 소왕 때부터 사람을 시켜 바다에 들어가 봉래산, 방장산, 영주산을 찾게 했다. 전하기를 이 세 개의 신산은 발해 가운데 있으며 인간 세계로부터

멀지 않다고 한다.(自威宣燕昭, 使人入海, 求蓬萊, 方丈, 瀛洲, 此三神山者, 其傳在渤海中, 去人不遠)"라 하였다.

第一流(제일류) : 가장 뛰어난 부류. 임을 가리킨다.

【해설】

이 시는 임과의 추억이 담긴 시를 옮겨 적다 슬픔을 느끼고 쓴 것이다.

제1~2구에서는 옛날 임과 함께 지내면서 썼던 시를 모아 옮겨 적으며 당시의 소소한 일부터 가슴 깊이 남아 있는 일들까지 모두가 생생하게 떠오르고 있음을 말하고 있다. 제3~4구에서는 홀로 시를 읊으며 눈물 흘리고 있는 자신의 심정을 남들은 알지 못할 것이라 말하고, 임을 신선 중에서도 제일가는 신선으로 높이며 그리움의 눈물을 흘리고 있다.

60. 봄날의 규방 2수

(1)
함께 꼭 붙어 있는 꿈을 꾸고 싶어
가득한 술잔 기울이네.
술 깨어 드는 생각 싫은데
주렴 밖 마침 황혼이네.

春閨二首

其一
願結交加夢,[1] 因傾瀲灩尊.[2]
醒來情緖惡,[3] 簾外正黃昏.

【주석】

1) 交加(교가) : 신체를 교차하며 더하다. 남녀가 서로 가까이 붙어 있는 것을 가리킨다.
2) 瀲灩(염염) : 물이 가득한 모양. 출렁이는 모양.
   尊(준) : 술잔. '준樽'과 같다.
3) 惡(오) : 싫다. 미워하다.

【해설】

이 시는 봄날 임을 그리워하는 여인의 시름을 노래하고 있다.

제1~2구에서는 임과 함께 있는 꿈을 꾸려 일부러 폭음을 하고 있는 모습이 나타나 있다. 제3~4구에서는 술이 깨어 정신에 말짱할 때는 온갖 시름이 떠올라 싫기만 한데, 이제 마침 황혼이 되어 다시 꿈을 꿀 수 있게 되었음을 기뻐하고 있다.

(2)

휘장 안의 향은 짙은데
잠잘 때의 화장은 엷기만 하네.
길게 탄식하며 비단 띠 풀고
두려워하며 빈 침상에 오르네.

其二

氤氳帳裏香,[1]　　　　薄薄睡時妝.[2]
長吁解羅帶,[3]　　　　怯見上空牀.[4]

【주석】

1) 氤氳(인온) : 기운이 성한 모양. 향이 짙은 것을 가리킨다.
2) 薄薄(박박) : 엷은 모양. 화장이 엷은 것을 가리킨다.
3) 長吁(장우) : 길게 탄식하다.
4) 見(견) : 어조사. 동사 뒤에 쓰여 지속의 뜻을 나타낸다.

【해설】

이 시는 임과 함께 하는 꿈을 기대하며 잠자리에 드는 여인을 노래하고 있다.

제1~2구에서는 휘장 안에 짙게 향 피우고 엷게 화장한 여인의 모습을 묘사하며 있다. 제3~4구에서는 옷을 벗으며 내뱉는 긴 탄식으로 임에 대한 그리움을 나타내고, 잠자리에 들며 두려워하는 모습으로 행여 임의 꿈을 꾸지 못할까 걱정하는 마음을 나타내고 있다.

61. 소옥이 오랑캐의 포로가 된 후 고 집현전 배상국께 대신하여 부쳐

하늘을 울리는 징과 북소리가 중국을 핍박하니
이별을 안타까워하면서도 녹주를 따라 할 마음은 없었답니다.
돌아봐 주심을 얻지 못하니 분 바르는 것도 그만두고
눈물 머금은 채 저무는 가을 마주해야만 했네요.
반쪽 비녀는 저와 함께 푸른 무덤에 묻히겠고
반쪽 거울은 그대 따라 두우정에 묻혔겠지요.
오직 이 밤 꿈속의 혼은
간절히 봉황지 가를 찾아 헤맨답니다.

代小玉家爲蕃騎所虜後寄故集賢裴公相國[1]

動天金鼓逼神州,[2]　　惜別無心學墜樓.[3]
不得回眸辭傳粉,[4]　　便須含淚對殘秋.
折釵伴妾埋青冢,[5]　　半鏡隨郎葬杜郵.[6]
唯有此宵魂夢裏,　　殷勤見覓鳳池頭.[7]

【주석】

1) 代(대) : 대신하다. 소옥의 말을 대신하여 쓴 것임을 말한다.
小玉(소옥) : 누구인지 알 수 없다. 배지裴贄의 총애를 받았던 기녀로 여겨진다.
蕃騎(번기) : 오랑캐의 기병.
集賢(집현) : 집현전集賢殿. 당대 경적經籍을 간행하고 문서를 정리

하는 일을 담당하였다.

裴公(배공) : 배지裴贄(?~905). 자가 경신敬臣으로 당唐 의종懿宗 함통咸通 13년(872)에 진사에 급제하여 사훈원외랑司勛員外郞을 지냈으며 이후 중서시랑中書侍郞, 동중서문하평장사同中書門下平章事, 집현전대학사集賢殿大學士 등을 역임하였다. 애제哀帝 천우天祐 2년(905)에 사공司空으로 관직을 마쳤으나 주전충朱全忠의 미움을 받아 청주사호참군青州司戶參軍으로 폄적되었다가 피살되었다.

相國(상국) : 승상丞相이나 재상宰相의 존칭.

2) 金鼓(금고) : 징과 북. 군대에서 퇴각과 진격을 지휘하는 신호로 사용하였다. 여기서는 오랑캐의 침략을 비유한다.

逼(핍) : 핍박하다. 후량後梁 태조太祖 개평開平 원년(907)에 거란의 아보기阿保機가 30만 군대를 이끌고 운주雲州를 공격한 일을 가리킨다.

神州(신주) : 적현신주赤縣神州. 중국을 가리킨다. ≪사기史記·맹자순경열전孟子荀卿列傳≫에 "중국을 '적현신주'라 부른다. 적현신주 안에 구주가 있으니 우임금이 정리한 구주가 이것이다. … 중국 밖에 적현신주와 같은 것이 9개가 있으니 이에 구주라고 한다. 여기에는 작은 바다가 둘러싸고 있고 백성과 짐승들이 서로 통할 수 없는데 하나의 중간 구역과 같이 다시 하나의 주가 된다. 이와 같은 것이 9개가 있는데 큰 바다가 그 바깥을 둘러싸고 있고 천지의 끝이 된다.(中國名曰赤縣神州. 赤縣神州內自有九州, 禹之序九州是也, 不得爲州數. 中國外如赤縣神州者九, 乃所謂九州也. 於是有裨海環之, 人民禽獸莫能相通者, 如一區中者, 乃爲一州. 如此者九, 乃有大瀛海環其外, 天地之際焉. 其術皆此類也)"라 하였다.

3) 墜樓(추루) : 누대에서 떨어지다. 진晉 석숭石崇의 총애를 받았던 기녀 녹주綠珠를 가리킨다. ≪진서晉書·석숭전石崇傳≫에 따르면 녹주는 미모가 뛰어나고 피리도 잘 불었는데 손수孫秀가 사람을 시켜 그녀를 요구하였다. 석숭은 자신의 금곡원金谷園 별장에서 비첩婢妾

수십 명을 보여주며, 녹주는 자기가 좋아하는 여인이니 다른 사람을 대신 고르라고 하였다. 손수의 거듭된 요구에도 석숭이 끝내 거절하자 손수가 분노하여 석숭의 무리를 해치려고 하였고, 석숭 또한 자신의 무리를 동원하여 손수를 공격했으나 결국 패하고 말았다. 마침 석숭이 연회를 벌이고 있을 때 손수의 병사들이 그를 잡으러 오니, 석숭이 녹주에게 "내가 지금 너로 인해 죄를 얻었구나."라고 하였다. 녹주가 울며 "나리 앞에서 죽음으로 은혜에 보답하겠습니다."라 하고는 스스로 누대 아래로 몸을 던져 죽었다.

4) 回眸(회모) : 눈동자를 돌리다. 사랑하는 사람을 고개 돌려 바라보는 것을 말한다.
傅粉(부분) : 분을 바르다. 화장하다.

5) 折釵(절채) : 반으로 자른 쌍갈래비녀. 남녀 간의 언약의 징표로 나누어 가졌다.
青冢(청총) : 푸른 무덤. 한대漢代 흉노匈奴에게 끌려간 왕소군王昭君의 무덤을 가리킨다. 왕소군은 한漢 원제元帝의 궁녀로, 흉노와의 화친의 희생양이 되어 호한야선우呼韓邪單于에게 시집갔다. 왕소군은 평생 고국을 그리워하였으나 결국 돌아오지 못하고 흉노 땅에서 죽어 대흑하大黑河 남쪽 기슭에 묻혔다. 가을이 되면 북방의 초목들은 모두 시드는데 왕소군 무덤의 풀은 황제와 고국에 대한 그리움으로 인해 항상 푸르렀다고 한다.

6) 半鏡(반경) : 반으로 나눈 거울. 남녀 간의 언약의 징표로 나누어 가졌다.
杜郵(두우) : 두우정杜郵亭. 전국시기 진秦의 명장 백기白起가 자결한 곳으로, 지금의 섬서성陝西省 함양시咸陽市 동쪽이다. 여기서는 배지가 죽어 묻힌 곳을 가리킨다.

7) 殷勤(은근) : 간절하고 진실한 모양.
鳳池(봉지) : 봉황지鳳凰池. 당대唐代 중서성中書省이 있던 연못으로, 중서성이 황제와 가까운 위치에 있으며 총애를 받는 자리였기 때문에 이와 같이 불렀다. 여기서는 중서시랑을 지냈던 배지를 가리킨다.

【해설】

이 시는 북방 오랑캐에게 끌려간 소옥의 말을 대신하여 쓴 것으로, 억울하게 죽은 배지裴贄에 대한 연모와 애도의 뜻을 나타내고 있다.

제1~2구에서는 오랑캐의 침략으로 인해 자신이 포로가 되어 끌려갔음을 말하고, 배지와의 이별을 슬퍼하며 살아생전에 다시 만나고 싶은 바람에 차마 녹주綠珠처럼 누대에서 투신하여 자결하지는 못했음을 말하고 있다. 제3~4구에서는 어여삐 보아줄 임이 없는 까닭에 화장도 그만두고 그저 저무는 가을을 눈물로 바라보고만 있었음을 말하고 있다. 제5~6구에서는 각기 다른 곳에서 따로 묻히는 반쪽의 비녀와 거울을 통해 임과의 만남이 이제는 실현될 수 없게 되었음을 말하고, 평생토록 고국을 그리워했던 왕소군王昭君과 자결로 충의를 지킨 백기白起의 무덤에 비유하여 자신의 변함없는 사랑과 배지의 우국충정을 나타내고 있다. 마지막 제7~8구에서는 꿈속의 혼이 생전에 임이 머물렀던 곳을 찾아 헤매는 모습을 통해 배지에 대한 애통함과 그리움을 나타내고 있다.

62. 천복사 법강 자리에서 우연히 만났다 다시 헤어지며

햇빛 환한 낮에 만났다가
저녁 종소리 잦아지는 곳에서 헤어지니,
눈앞의 경관은 봄이 다하는 듯하고
가슴속 정은 술자리가 끝나가는 것 같네.
둘의 마음은 그리움과 사랑 머금고 있건만
일순간 고통과 쓰라림에 이르게 되었으니,
고요한 밤 긴 회랑 아래에서
나막신 발자국 찾아보기 어렵게 되었네.

薦福寺講筵偶見又別[1]

見時濃日午,[2]　　別處暮鐘殘.
景色疑春盡,　　襟懷似酒闌.[3]
兩情含眷戀,[4]　　一餉致辛酸.[5]
夜靜長廊下,　　難尋屐齒看.[6]

【주석】

1) 薦福寺(천복사) : 사찰 이름. 당대唐代에 건립되었으며 처음의 이름은 헌복사獻福寺였다. 지금의 섬서성陝西省 서안시西安市 남쪽에 있다. 경내에 소안탑小雁塔이 있어 부근의 자안사慈恩寺 대안탑大雁塔과 더불어 당시에 명성이 있었다.
2) 濃日(농일) : 햇빛이 진하다. 환한 대낮을 가리킨다.

3) 襟懷(금회) : 가슴에 품은 정.

酒闌(주란) : 술자리가 끝나가려 하다. 아쉬운 심정을 말한다.

4) 眷戀(권련) : 그리워하고 사랑하는 마음.

5) 一餉(일향) : 밥을 먹는 시간. 매우 짧은 시간을 가리킨다.

辛酸(신산) : 맵고 시다. 사랑의 고통과 쓰라림을 비유한다.

6) 屐齒(극치) : 나막신의 굽. 미끄러지지 않도록 나막신 바닥에 댄 굽.

【해설】

이 시는 절의 법강 자리에서 우연히 만난 임과의 아픈 이별을 노래하고 있다.

제1~2구에서는 임과 낮에 만났다가 저녁에 헤어지는 상황을 말하고 있는데, 찬란하게 빛나는 햇빛과 긴 여운 속에 잦아드는 저녁 종소리를 통해 처음 만났을 때의 기쁨과 헤어질 때의 아쉬움을 나타내고 있다. 제3~4구에서는 저물어가는 봄 경관과 장차 끝나려 하는 술자리를 통해 임과 이별하는 자신의 슬픔과 아쉬움을 기탁하고 있다. 제5~6구에서는 서로 사랑하는 둘의 마음은 변함이 없지만 짧은 만남과 기약 없는 이별에 가슴만 아파할 뿐임을 말하고, 마지막 제7~8구에서는 이제 더는 임을 만나지 못하고 고요한 밤에 홀로 회랑을 거닐게 될 것임을 안타까워하고 있다.

63. 다시 우연히 만나 (절구 3수)

(1)

안개로 옷깃과 소매 장식하고 옥으로 관을 쓰고서
반은 부끄러운 듯, 반은 추위를 참고 있는 듯.
이별은 쉽고 만남은 어려움을 길게 탄식하며
돌아서서 분명 진주 눈물 흘리겠지.

復偶見三絶

其一

霧爲襟袖玉爲冠,[1]　　半似羞人半忍寒.[2]
別易會難長自歎,　　轉身應把淚珠彈.[3]

【주석】

1) 霧(무) : 안개. 옷에 있는 안개 문양을 가리킨다.

2) 半(반) : 반쯤 ~하다.

忍寒(인한) : 추위를 참다. 긴장과 설렘으로 몸을 떨고 있는 것을 말한다.

3) 應把(응파) : 응당. 분명.

淚珠(누주) : 남해의 교인鮫人이 흘린다는 진주 눈물. ≪박물지博物志≫에 "남해 바깥에 교인이 있어 물고기처럼 물에서 살면서 길쌈을 그치지 않는데, 그 눈에서 진주 눈물을 흘릴 수 있었다.(南海外有鮫人, 水居爲魚, 不廢織績, 其眼能泣珠)"라 하였다.

彈(탄) : 뿌리다. 눈물을 흘리다. '쇄灑'와 같다.

【해설】

이 시는 우연히 다시 만나게 된 여인의 아름다운 외모와 순수한 내면, 이별의 슬픔을 노래하고 있다.

제1~2구에서는 겉모습은 화려하게 치장하였으나 속마음은 수줍음과 설렘으로 떨고 있는 여인의 모습을 말하고, 제3~4구에서는 쉬운 이별과 어려운 만남을 탄식하며 돌아서서 눈물을 흘리고 있을 여인에게 깊은 연민을 나타내고 있다.

(2)

복사꽃 얼굴은 얇아 눈물 감추기 어렵고
버들잎 눈썹은 길어 시름 느끼기 쉽다네.
비밀을 감추느라 마주 보고 웃지도 못하고
몇 번이고 눈 들었다가 다시 고개 숙이네.

其二

桃花臉薄難藏淚,[1] 柳葉眉長易覺愁.[2]
密跡未成當面笑,[3] 幾迴擡眼又低頭.[4]

【주석】

1) 桃花臉薄(도화검박) : 복사꽃처럼 여리고 붉은 얼굴.
2) 柳葉眉長(유엽미장) : 버들잎처럼 길게 드리워진 눈썹.
3) 密跡(밀적) : 자취를 숨기다. 비밀을 감추다.
4) 幾迴(기회) : 몇 번. 여러 차례.

【해설】

이 시는 우연히 임을 만난 여인의 두려움과 설렘을 나타내고 있다.

제1~2구에서는 복사꽃 같은 얼굴에 남아 있는 눈물 자국과 버들잎 같은 눈썹에 어려 있는 긴 시름을 통해 홀로 지내온 여인의 슬픔과 외로움을 나타내고 있다. 제3~4구에서는 행여 사랑하는 마음을 남에게 들킬까 두려워하며 남몰래 몇 번이고 훔쳐보고만 있는 모습이 나타나 있다.

(3)

반쯤 몸을 대나무에 가린 채 속삭이며 말하고
한 손으로 발 들어 올리고 살짝 고개 돌리네.
이러한 뜻을 다른 사람은 분명 알지 못하니
둘이 사랑하는 감정은 이길 수가 없다네.

其三

半身映竹輕聞語,[1] **一手揭簾微轉頭.**[2]
此意別人應未覺,[3] **不勝情緒兩風流.**[4]

【주석】

1) 映竹(영죽) : 대나무 속에 몸을 감추다. '영映'은 '가리다', '은폐하다'라는 뜻이다. 여기서는 남자의 행동을 가리킨다.
輕聞語(경문어) : 가볍게 말을 들리게 하다. 작은 소리로 속삭이며 말하는 것을 말한다.
2) 微轉頭(미전두) : 약간 고개를 돌리다. 상대를 직접 보지 않고 일부러 다른 곳을 바라보는 것을 말한다. 여기서는 여인의 행동을 가리킨다.
3) 此意(차의) : 이러한 뜻. 앞 두 구에서의 남녀의 은밀한 행동을 가리킨다.

4) 情緖(정서) : 감정.

兩風流(양풍류) : 둘이 서로 사랑하는 것.

【해설】

이 시에서는 남의 눈을 피해 은밀히 사랑을 나누는 모습이 나타나 있다.

제1~2구에서는 대나무 속에 몸을 숨기고 작은 소리로 여인에게 말을 건네는 남자의 모습을 묘사하고, 발을 걷고 시선은 일부러 다른 곳을 향하며 남자의 말을 듣고 있는 여인의 모습과 대비하고 있다. 제3~4구에서는 이들의 이러한 뜻을 다른 사람들은 알지 못하며, 서로를 향한 이들의 간절한 사랑은 어느 것으로도 막을 수 없음을 말하고 있다.

64. 꽃 떨어짐이 싫어

꽃 떨어짐이 싫음은
사람 적막해져서이니
과일나무에 그늘 드리워지고 제비 날개 나란히 나는데
서쪽 정원에 해는 길고 높은 누각은 한가롭기만 하네.
후당 양쪽으로 발 드리운 채 시름겨워 걷지 않고
고개 숙여 번민하며 옷깃만 꼬고 있다
홀연 임과 함께 했던 일 마음속에 떠오르니
아름다운 임의 모습 뿌연 눈에 들어오네.
예전에 화려한 집에서 함께 연회할 때
아무렇지 않은 척 살쩍머리 묶으며 몰래 얼굴 돌아보았고
반쯤 취해서는 미칠 듯한 마음 참을 수 없었으니
분명 옆 사람 알도록 내버려 두었으리.
편지에서 평소의 마음 다 말했지만
행여 임의 뜻에 차지 않을까 걱정되어
비단 주머니 봉했다가 또다시 열고는
깊은 밤 창 아래에서 붉은 편지 태워버리네.
붉은 편지 천 장으로도 다 말할 수 없어
지극정성으로 말없이 마음속 진심을 전하니
다만 원앙 베개에서 임의 팔 베고 잠들 수 있다면
그 시간이 한순간이라 한들 받아들일 수 있겠네.

厭花落

厭花落，　　　　人寂寞.
果樹陰成燕翅齊,[1]　　西園永日閑高閣.[2]
後堂夾簾愁不卷,[3]　　低頭悶把衣襟撚.[4]
忽然事到心中來,[5]　　四肢嬌入茸茸眼.[6]
也曾同在華堂宴,[7]　　佯佯攏鬢偸迴面.[8]
半醉狂心忍不禁,[9]　　分明一任傍人見.[10]
書中說卻平生事,[11]　　猶疑未滿情郎意.[12]
錦囊封了又重開,[13]　　夜深窗下燒紅紙.[14]
紅紙千張言不盡，　　至誠無語傳心印.[15]
但得鴛鴦枕臂眠,[16]　　也任時光都一瞬.[17]

【주석】

1) 陰(음) : 잎이 무성하여 그늘지다. '음蔭'과 같다.
翅齊(시제) : 날개를 나란히 하고 날다.

2) 永日(영일) : 긴 해. 여름이 되어 낮이 길어진 것을 말한다.

3) 夾簾(협렴) : 주렴을 좌우 양쪽에 드리우다.

4) 撚(연) : 손가락으로 감아 꼬다.

5) 事(사) : 일. 옛날에 임과 함께 있었던 일을 가리킨다.

6) 四肢(사지) : 팔다리. 여기서는 임의 환영을 가리킨다.
茸茸(용용) : 흐릿하고 몽롱한 모양. 여기서는 눈에 눈물이 어려 있는 것을 말한다.

7) 華堂(화당) : 화려하고 아름다운 집.

8) 佯佯(양양) : 일부러 남에게 보여주는 모양. 겉으로 아무렇지도 않은 척하는 것을 말한다.
攏(농) : 묶다. 머리를 묶어 합치다.

9) 忍不禁(인불금) : 참을 수 없다.

10) 一任(일임) : 온전히 맡기다. 내버려 두고 상관하지 않는 것을 말한다.

11) 說卻(설각) : 다 말해버리다.

平生事(평생사) : 평소의 마음. 임에 대한 평소 자신의 사랑을 가리킨다.

12) 情郎(정랑) : 사랑하는 임.

13) 錦囊(금낭) : 비단 주머니. 중요한 서찰이나 문서를 담아두었다.

14) 紅紙(홍지) : 붉은 종이. 연서戀書를 가리킨다.

15) 心印(심인) : 마음속의 깨달음. 본래 불교에서 말이나 문자를 사용하지 않고 마음으로 전달하는 깨달음을 가리키는 것으로, 여기서는 임을 향한 진실한 마음과 사랑을 가리킨다.

16) 鴛鴦(원앙) : 원앙새. 화목한 부부를 상징하며 여기서는 원앙 문양을 수놓은 베개를 가리킨다.

17) 也任(야임) : 그래도 받아들이다.

【해설】

이 시는 짝사랑하는 임에 대한 그리움과 안타까움을 노래하며 있다. 제1~4구에서는 꽃이 져서 마음이 적막해지는 것이 싫음을 말하고, 짝지어 날아가는 제비와 한가롭기만 한 누각을 통해 자신의 외로운 처지와 쓸쓸한 심정을 나타내고 있다. 제5~8구에서는 아름다운 경관을 보면 마음이 더욱 아파지는 까닭에 발을 내려 사방을 가려보지만, 불현듯 떠오르는 임과의 옛 추억과 아름다운 임의 환영을 떠올리고 깊은 슬픔에 빠져들고 있다. 제9~12구에서는 임과 함께 했던 옛일을 떠올리며 당시의 설레었던 마음과 억제할 수 없었던 사랑의 감정을 회상하고 있다. 제13~16구에서는 임에게 자신의 마음을 담은 편지를 썼지만 두려움에 차마 부치지 못하였음을 말하고, 마지막 제17~20구에서는 임과 함께 있을 수만 있다면 아무리 짧은 시간이라도 감내할 수 있음을 말하며 임을 향한 간절한 사랑을 나타내고 있다.

65. 봄날 시름겨워하다 우연히 12운을 지어

사방으로 뻗은 길에 구름과 땅은 떨어져 있고
난초 자란 밭두둑에 쑥과 영지가 나뉘어 있는데
길은 멀어 내리는 비도 느리고
강은 넓어 다리 건너는 것도 더디만 하네.
기러기발의 서신 전하기 어려우니
여우의 자취에 공연히 의심만 들지만
사곤은 읊조림을 그만두지 않았고
장석은 꿈에서도 그리워하였다네.
뜻이 있어 정 통하던 곳에서
말없이 살쩍머리 묶을 때
고아한 격조는 웃음기 사라지는 것으로 끝났고
원망의 노래만 찌푸린 눈썹에 남았었네.
취한 후 매미 금장식은 무겁고
즐거움 끝에 제비 옥비녀는 기울었으니
하얀 자태는 흰 능금보다 뛰어나고
둥근 뺨은 붉은 배를 꾸짖을 정도였네.
아름다운 글자로 꽃의 문장을 쓰고
향기로운 종이에 버들의 시를 노래하며
수놓은 창에서 손 끌어 약속하여
향기로운 풀 함께 답청할 것을 기약했었네.
이별의 눈물은 샘물의 수맥을 열고
봄날의 시름은 연뿌리 실처럼 얽기만 하는데

그리워하나 믿을 수가 없으니
깊은 회한을 다시 누가 알아주리?

春悶偶成十二韻

阡陌懸雲壤,[1]	蘭畦隔艾芝.[2]
路遙行雨懶,[3]	河闊過橋遲.[4]
雁足應難達,[5]	狐蹤浪得疑.[6]
謝鯤吟未廢,[7]	張碩夢堪思.[8]
有意通情處,	無言攏鬢時.[9]
格高歸斂笑,[10]	歌怨在顰眉.[11]
醉後金蟬重,[12]	歡餘玉燕欹.[13]
素姿凌白柰,[14]	圓頰誚紅梨.[15]
粉字題花箋,[16]	香牋詠柳詩.[17]
繡窗攜手約,	芳草蹋青期.[18]
別淚開泉脈,[19]	春愁罥藕絲.[20]
相思不相信,	幽恨更誰知.

【주석】

1) 阡陌(천맥) : 동서남북으로 난 길. '천阡'은 남북으로 난 길을, '맥陌'은 동서로 난 길을 가리킨다.
雲壤(운양) : 구름과 땅. 둘 사이의 거리가 먼 것을 비유한다.

2) 蘭畦(난휴) : 난초가 자라는 밭두둑. '난闌'은 '난蘭'과 같다.
艾芝(애지) : 쑥과 영지靈芝. 종류가 서로 달라 함께 할 수 없는 것을 비유한다.

3) 行雨(행우) : 내리는 비. 송옥宋玉의 〈고당부서高唐賦序〉에서 무산신녀巫山神女가 "아침에는 아침 구름이 되고 저녁에는 내리는 비가

된다.(旦爲朝雲, 暮爲行雨)"라 한 것에서 유래한 것으로, 여기서는 여인 자신을 비유한다. 앞의 57. 〈육언3수六言三首〉(1) 주3) 참조.

懶(라) : 게으르다. 행동이 굼 뜨고 느리다.

4) 遲(지) : 지체되다. 더디다.

5) 雁足(안족) : 기러기발. 여기서는 편지를 가리킨다. 고대에는 기러기발에 서신書信을 매달아 전송하였다.

6) 狐蹤(호종) : 여우의 자취. 여기서는 임을 유혹하는 다른 여인의 흔적으로 의심하는 것을 말한다.

浪(랑) : 헛되이. 공연히.

7) 謝鯤(사곤) : 진晉의 명사名士로, 자가 유여幼輿이고 진국陳國 하양夏陽 사람이다. 학식이 깊고 식견이 높았으나 성품이 소탈하고 외모를 꾸미지 않아 늘 지저분한 차림새로 여러 명사들과 어울려 술과 산수를 즐겼다. 일찍이 이웃의 여인을 흠모하여 그녀를 훔쳐 오려 했는데, 여인이 베를 짜고 있다가 북을 던져 앞니 두 개가 부러진 적이 있었다. 그러나 돌아오면서 꿋꿋이 길게 읊조리며 말하기를, "그래도 노래 읊는 것은 그치지 않겠노라."라 하였다고 한다. 여기서는 어떠한 역경이 있어도 변치 않는 마음을 말한다.

8) 張碩(장석) : 전설상 신녀 두란향杜蘭香과 혼인하였다는 도사道士. 두란향은 선계에서 내려와 장석과 혼인하여 살다가 기린과 학의 깃털로 만든 옷을 징표로 남겨두고 다시 선계로 떠났다. 장석은 매일같이 두란향을 그리워하며 자신 또한 도를 닦아 마침내 신선이 되어 선계로 올라갔다고 한다.

9) 攏(농) : 묶다. 머리를 묶어 합치다.

10) 格高(격고) : 고아한 격조. 여인의 단아하고 품격 있는 모습을 가리킨다.

斂笑(염소) : 미소를 거두다. 웃음기가 사라진 것을 의미한다.

11) 顰眉(빈미) : 찌푸린 눈썹. 시름겨운 모습을 말한다.

12) 金蟬(금선) : 황금 매미 장식. 여인의 이마에 붙이는 장식이다.

13) 玉燕(옥연) : 제비 옥비녀. 모양이 제비 꼬리처럼 갈라진 쌍갈래비녀를 가리킨다.

14) 凌(능) : 능가하다.

白柰(백내) : 흰 능금.

15) 頰(협) : 양쪽 볼. 뺨.

誚(초) : 꾸짖다. 나무라다.

16) 粉字(분자) : 곱고 아름다운 글자. 여인이 쓴 글을 가리킨다.

17) 香牋(향전) : 향기로운 종이.

18) 蹋靑(답청) : '답청踏靑'이라고도 하며, 청명淸明 절기에 교외로 나가 꽃을 감상하는 것을 말한다.

19) 開泉脈(개천맥) : 샘물의 수맥을 열다. 눈물이 샘솟듯 흘러나오는 것을 말한다.

20) 罥(견) : 얽히다.

藕絲(우사) : 연근을 갈랐을 때 나오는 실 같은 즙을 가리킨다. 임에 대한 그리움을 의미하는 '우사偶思'와 쌍관어로 사용되었다.

【해설】

이 시는 멀리 헤어져 있는 임을 그리워하며 함께 하지 못하는 슬픔과 무심한 임에 대한 원망을 나타내고 있다.

제1~4구에서는 요원한 하늘과 땅 사이, 각기 나뉘어 자라고 있는 쑥과 영지를 통해 자신과 임이 헤어져 있는 현실을 비유하고, 임과 멀리 떨어져 있어 직접 찾아가기도 쉽지 않음을 말하고 있다. 제5~8구에서는 임에게 서신조차 전하기 어려워 작은 일에도 공연히 임의 마음을 의심하고 있다. 그러나 이웃집 여인에게 버림받거나 두란향과 헤어져 있었어도 그녀들에 대한 사랑을 변치 않았던 사곤과 장석에 비유하여, 자신의 사랑 또한 결코 변치 않을 것임을 말하고 있다. 이어 제9~20구에서는 임과 함께 있었을 때를 회상하며, 이별을 앞두고 슬픔에 빠졌던 일과 아쉬움을 술과 시로 함께 달래며 봄날의 재회를 기약했던 일들을 떠올리고 있다. 마지막 제21~24구에서는 이제 봄이 되었건만 임을 만나지 못해 슬픔과 그리움만 더욱 깊어짐을 말하며, 지키지 못할 약속을 한 임을 불신하고 원망하고 있다.

66. 생각나

두 겹 문 안쪽 옥당 앞
한식날 꽃나무 가지 위로 달은 하늘 한가운데 떠 있었네.
생각나네, 그 사람 손 늘어뜨리고 서서
부끄러워하며 그네에 오르려 하지 않던 어여쁜 모습이.

想得

兩重門裏玉堂前,[1] **寒食花枝月午天.**[2]
想得那人垂手立,[3] **嬌羞不肯上鞦韆.**[4]

【주석】

1) 玉堂(옥당) : 화려하고 아름다운 집. 여기서는 여인의 집을 가리킨다.
2) 月午(월오) : 달이 오야午夜에 이르는 때로, 한밤중을 가리킨다.
3) 那人(나인) : 그 사람. 여인을 가리킨다.
垂手(수수) : 손을 아래로 드리우다.
4) 嬌羞(교수) : 수줍어하는 어여쁜 모습.
不肯(불긍) : ~하려 하지 않다.
鞦韆(추천) : 그네.

【해설】

이 시에서는 한식날 밤 여인과 함께 즐기던 일을 회상하고 있다. 제1~2구에서는 한식날 한밤중에 여인의 집에서 함께 만났던 때를 회상하고 있다. 향기로운 꽃가지와 하늘 높이 떠오른 달이 여인의 아름다운 모습과 밝고 충만한 사랑을 보여준다. 제3~4구에서는 수줍음에 그네를 타려 하지 않았던 어여쁜 여인의 모습을 떠올리며 여인에 대한 사랑과 그리움을 나타내고 있다.

67. 우연히 뒷모습을 보았는데 이 밤 꿈에서도 나타나

연유가 맺힌 듯한 등, 옥을 자른 듯한 어깨
가볍고 얇은 붉은 비단은 흰 연꽃 같은 발을 덮었네.
이 밤 또렷이 꿈속으로 들어오건만
보았을 때는 슬퍼 잠을 이루지 못했었네.
물결 같은 눈망울은 나를 향해 한없이 아름다웠고
마음속의 불은 그대로 인해 유난히 타올랐었네.
인생에 만남이 어렵다 말하지 말지니
진나라 누대의 난새와 봉황에 신선이 있었다네.

偶見背面是夕兼夢

酥凝背胛玉搓肩,[1]　　輕薄紅綃覆白蓮.[2]
此夜分明來入夢,　　當時惆悵不成眠.[3]
眼波向我無端艶,[4]　　心火因君特地然.[5]
莫道人生難際會,[6]　　秦樓鸞鳳有神仙.[7]

【주석】

1) 酥凝(수응) : 연유가 맺혀 있다. 부드럽고 윤기 있는 피부를 가리킨다.
背胛(배갑) : 등.
玉搓肩(옥차견) : 옥을 자른 듯한 어깨. 곱고 아름다운 어깨선을 가리킨다.
2) 當時(당시) : 그때 당시. 우연히 여인을 보았을 때를 말한다.
白蓮(백련) : 흰 연꽃. 여인의 발을 가리킨다. 남조南朝 제齊나라의 동혼후東昏侯가 황금을 새겨 연꽃을 만들어 땅에 붙이고 반비潘妃로 하여금 그 위를 지나가게 하고는 "걸음마다 연꽃이 생겨났구나."라 말한 것에서 유래하였다.

3) 惆悵(추창) : 상심하다. 슬퍼하다.

4) 眼波(안파) : 잔물결이 이는 눈동자.

無端(무단) : 한없이.

5) 君(군) : 그대. 당신. 여기서는 여인을 가리킨다.

特地(특지) : 특별히. 유난히.

然(연) : 타오르다. '연燃'과 같다.

6) 際會(제회) : 만나다. '제際'는 '만나다'라는 뜻으로, '제우際遇'와 같다.

7) 秦樓(진루) : 진나라 누대. 진秦 목공穆公이 딸 농옥弄玉 부부를 위해 지어준 누대를 가리킨다. ≪열선전列仙傳≫에 따르면 진 목공 때 퉁소를 잘 불던 소사蕭史가 있었는데 그의 퉁소 소리를 듣고 공작孔雀과 백학白鶴이 마당으로 날아왔다. 목공에게 딸 농옥弄玉이 있어 그를 좋아하니 마침내 짝을 지어주었고, 소사는 그녀에게 매일같이 봉황 울음소리를 가르쳤다. 몇 년이 지나니 퉁소 소리가 봉황 소리와 같았으며 봉황이 날아와 그 집에 이르렀다. 이에 목공이 누대를 지어주니 부부가 그 위에서 살면서 몇 년을 내려오지 않았고, 어느 날 모두 봉황을 타고 신선이 되어 날아갔다.

神仙(신선) : 신선이 되어 날아간 농옥弄玉과 소사蕭史 부부를 가리킨다.

鸞鳳(난봉) : 난새와 봉황.

【해설】

이 시는 우연히 아름다운 여인을 보고 사랑에 빠진 남자의 애틋한 심정을 노래하고 있다.

제1~2구에서는 우연히 바라본 여인의 뒷모습을 묘사하고 있다. 곱고 부드러운 피부와 아름다운 어깨의 모습을 연유와 옥의 비유를 통해 감각적으로 묘사하고, 붉은 비단과 흰 연꽃의 대비를 통해 화려한 차림새와 단아한 자태를 나타내고 있다. 제3~4구에서는 그녀의 모습이 꿈속에서도 선명하게 나타났음을 말하며, 당시 그녀를 보았을 때 차마 다가가지 못하고 슬픔에 잠을 이루지 못했음을 말하고 있다. 제5~6구에서는 물결처럼 일렁이는 눈망울로 자신을 바라보는 여인으로 인해 주체할 수 없는 사랑의 감정이 일어나게 되었음을 말하고 있다. 제7~8구에서는 진나라 누대에서 살다 신선이 되어 날아갔던 농옥과 소사를 들어 여인을 신녀神女로 높이고 있다. 이어 자신 또한 소사처럼 그녀와 부부의 연을 맺어 영원히 함께하고 싶은 바람을 나타내고 있다.

68. 오경에

가을비 내리는 오경 무렵
현과 피리 소리 처량히 울리니
마치 지는 봄에
꽃피는 시절 보내는 듯하네.
빈 누대에 기러기 소리 들려오고
먼 곳 병풍에 등불 깜박이는데
아름다운 여인 감싼 수놓은 이불은 차갑고
아련히 그린 눈썹에 시름은 깊기만 하네.

五更

秋雨五更頭,[1] 桐竹鳴騷屑.[2]
卻似殘春間,[3] 斷送花時節.[4]
空樓雁一聲,[5] 遠屛燈半滅.[6]
繡被擁嬌寒,[7] 眉山正愁絶.[8]

【주석】

1) 五更(오경) : 새벽 3시부터 새벽 5시까지의 시간. 고대에는 저녁 7시부터 다음날 새벽 5시까지를 다섯으로 나누어 오경五更으로 구분하였다.
2) 桐竹(동죽) : 오동나무로 만든 현악기와 대나무로 만든 관악기. 騷屑(소설) : 바람이 처량하게 부는 소리.
3) 卻似(각사) : 오히려 ~인 듯하다.

4) 斷送(단송) : 시간을 보내다.

5) 空樓(공루) : 빈 누대. 여인의 거처를 가리킨다.

6) 遠屛(원병) : 먼 곳의 병풍. 멀리 있는 여인의 방을 가리킨다.

7) 繡被(수피) : 아름답게 수놓은 이불.

8) 眉山(미산) : 여인의 눈썹 양식의 한 종류로, 먼 산 모양으로 아련하게 그린 원산미遠山眉를 가리킨다.

愁絶(수절) : 시름이 극에 달하다. 깊은 시름에 빠지는 것을 말한다.

【해설】

이 시는 가을밤 홀로 지내는 여인의 슬픔과 외로움을 노래하고 있다. 제1~4구에서는 가을비 내리는 오경에 처량하게 울리는 현과 피리 소리를 듣고, 마치 봄날 꽃 지는 시절을 보낼 때와 같은 깊은 상실감과 외로움에 빠져들고 있다. 제5~6구에서는 먼 곳 여인의 거처를 바라보며 텅 빈 누대와 새벽까지 꺼지지 않는 등불을 통해 홀로 있는 여인의 상황을 비유하고, 제7~8구에서는 차가운 이불을 홀로 끌어안은 채 깊은 시름에 빠져 있을 아름다운 여인의 모습을 상상하고 있다.

69. 그리워

낮 시간은 길기만 하고 밤 시간도 더딘데
아름다운 임의 소식은 아득히 기약이 없네.
시름겨운 애간장은 술에 곤죽이 되니 사람은 천리 밖에 있고
젖은 눈으로 누각에 기대니 하늘은 사방에 드리워져 있네.
미친 듯 홀로 말 지껄이는 것이 스스로도 우스꽝스러운데
누가 가련히 여기리? 꿈꾸고서 그리움 더욱 깊어지는 것을.
언제나 작은 휘장 짙은 향 속에서
동풍에게 청하여 옥아와 함께할 수 있을지?

有憶

晝漏迢迢夜漏遲,[1]　傾城消息杳無期.[2]
愁腸泥酒人千里,[3]　淚眼倚樓天四垂.[4]
自笑計狂多獨語,[5]　誰憐夢好轉相思.[6]
何時斗帳濃香裏,[7]　分付東風與玉兒.[8]

【주석】

1) 漏(루) : 물시계. 물을 넣은 항아리에 구멍을 뚫어 물이 흘러나오게 하고, 그것을 받는 그릇에 시각을 새겨 넣은 잣대[箭]를 띄워 그 떠오르는 것으로 시각을 측정하였다. 여기서는 시간을 가리킨다. 迢迢(초초) : 거리가 아득히 먼 모양. 시간이 오래고 긴 모양.
2) 傾城(경성) : 성을 기울이다. 온 성 사람들이 몰려가 구경할 정도로 미모가 빼어난 여인을 가리킨다. 앞의 57. 〈육언3수六言三首〉(1) 주

1) 참조.

3) 愁腸(수장) : 시름에 겨운 애간장.

泥酒(니주) : 술에 곤죽이 되다. 술에 흠뻑 취한 것을 말한다.

4) 倚樓(의루) : 누대에 기대다.

5) 計狂(계광) : 미친 듯하다.

6) 夢好(몽호) : 꿈을 꾸다. 꿈속에서 여인을 만나는 것을 말한다.

轉(전) : 갈수록. 더욱.

7) 斗帳(두장) : 침대에 두르는 작은 휘장. 위쪽은 좁고 아래쪽은 넓어 모양이 마치 구기[斗]를 뒤집어 놓은 것 같아 이와 같이 불렀다.

8) 分付(분부) : 부탁하다. 청하다.

東風(동풍) : 봄바람.

玉兒(옥아) : 남조南朝 제齊나라 동혼후東昏侯의 총애를 받았던 반비潘妃의 어릴 적 이름으로, 아름다운 여인을 가리킨다.

【해설】

이 시는 사랑하는 여인을 만나지 못하는 남자의 그리움과 간절함을 노래하고 있다.

제1~2구에서는 사랑하는 여인의 소식을 접하지 못해 하루하루가 마냥 길게만 느껴지고 있음을 말하고 있다. 제3~4구에서는 천리 먼 곳으로 임을 떠나보낸 시름을 이기지 못해 늘 술에 빠져 지내고, 누각에 올라 눈물 젖은 채 사방 하늘을 바라보며 임을 기다리고 있는 모습을 나타내고 있다. 제5~6구에서는 무슨 말인가를 홀로 지껄이고 있는 자신의 모습이 스스로도 제정신이 아닌 것처럼 느껴짐을 자조하며, 꿈속에서 임을 보고 난 후에 그리움이 더욱 깊어져만 감을 안타까워하고 있다. 마지막 제7~8구에서는 봄바람과 함께 임이 돌아와 짙은 향 피운 작은 방에서 함께 사랑을 나눌 수 있게 되기를 갈구하고 있다.

70. 한밤중에

규방에서 몇 잔 술 함께 마신 후
지금은 오히려 술 마시며 슬퍼하네.
밤새도록 서로 만났건만
이제는 한밤중 홀로 잠든다네.
내일 아침 창 아래에서 비추어보면
살쩍머리 흰 실과 같겠지.

半夜

板閤數尊後,[1]　　至今猶酒悲.
一宵相見事,[2]　　半夜獨眠時.
明朝窗下照,　　應有鬢如絲.[3]

【주석】

1) 板閤(판합) : 판목板木으로 만든 쪽문. 여인의 규방閨房을 가리킨다. 尊(준) : 술잔. '준樽'과 같다.
2) 一宵(일소) : 밤 내내. '통소通宵'와 같다.
3) 絲(사) : 흰 명주실.

【해설】

이 시에서는 임과 함께 지냈던 때를 회상하며 홀로 있는 시름을 나타내고 있다.

앞의 네 구에서는 각각 옛날과 지금의 상황을 대비하여 묘사하고 있다. 제1~2구에서는 옛날에는 임과 규방에서 함께 술 마시며 즐겁게 지냈건만, 지금은 홀로 술 마시며 슬픔에 잠겨 있음을 말하고 있다. 이어 제3~4구에서도 밤새도록 임과 함께 만났던 옛날의 시간과 홀로 잠자고 있는 지금의 시간을 대비하고 있다. 같은 술과 같은 밤이지만 누구와 함께하는가에 따라 그 즐거움과 슬픔이 극명하게 갈리고 있다. 마지막 제5~6구에서는 밤새 시름에 잠을 이루지 못해 내일 아침에는 분명 머리가 하얗게 세었을 것이라 말하고 있다.

71. 붓 가는 대로

잠자며 올렸던 머리 자주 매만지기 그만두고
봄 눈썹은 춘정을 견디느라 더욱 길어지네.
비녀 꼽아 정돈한 치자 꽃은 겹겹이고
술에 띄운 국화는 향기롭네.
겹겹 수 장식에 금빛은 어둡고
다림질한 비단옷에 광택은 줄었네.
때때로 한가로이 붓을 놀려
한 쌍 원앙새를 그린다네.

信筆

睡髻休頻攏,[1] 春眉忍更長.[2]
整釵梔子重,[3] 泛酒菊花香.
繡疊昏金色,[4] 羅揉損研光.[5]
有時閑弄筆,[6] 亦畫兩鴛鴦.

【주석】

1) 睡髻(수계) : 잠잘 때 틀어 올린 머리.
休頻攏(휴빈롱) : 자주 매만지는 것을 그만두다. 보아줄 사람 없어 용모에 신경을 쓰지 않는 것을 의미한다.

2) 春眉(춘미) : 봄날의 눈썹. 춘정春情에 빠진 여인을 비유한다.

3) 整釵(정채) : 쌍갈래비녀를 꼽아 머리를 정돈하다.
梔子(치자) : 나무 이름. 상록관목常綠灌木으로 봄여름에 흰 꽃이 피며 향기가 진하다. 열매는 약재나 황색의 염료로 사용된다. 여기서는 치자 꽃을 가리킨다.

4) 繡疊(수첩) : 겹겹의 수 장식.

5) 羅揉(나유) : 다림질한 비단. 비단옷을 가리킨다.
   砑光(아광) : 다듬질한 옷에서 나는 광택.

6) 弄筆(농필) : 붓을 놀리다.

【해설】

이 시는 봄날 여인의 시름과 사랑에 대한 갈망을 노래하고 있다. 제1~2구에서는 잠자리에서 일어나 보아줄 사람도 없어 머리 매만지는 것도 그만두고 봄날의 시름에 잠겨 있는 여인의 모습을 묘사하고 있다. 제3~4구에서는 겹겹 치자 꽃으로 머리 장식하고 국화향 가득한 술을 마시는 모습을 묘사하며, 시각과 후각 및 백색과 황색의 색채 대비를 통해 여인의 아름다운 모습을 부각시키고 있다. 제5~6구에서는 빛을 잃은 금실 장식과 광택이 줄어든 비단 옷을 통해 여인의 화려한 외관 속에 감추어진 깊은 내면의 시름을 나타내고, 마지막 제7~8구에서는 붓을 들어 한 쌍의 원앙새를 그리는 모습으로 사랑에 대한 추구와 갈망을 나타내고 있다. 시에서는 화자의 성별이 분명하게 드러나 있지 않은데, 여기에서는 남성 화자로 보았다. 만약 여성 화자로 본다면 마지막 구절은 변함없는 사랑에 대한 자신의 신념을 말한 것으로 볼 수 있다.

72. 한을 부쳐

진가의 쌍갈래비녀를 부질없이 기다란 옥으로 잘랐고
촉 땅 종이에다 헛되이 작은 붉은 글씨 남겼구나.
세상의 정 이해할 수 없음이 죽도록 한스럽지만
연꽃은 봄바람에게 시집가려 하지 않으리.

寄恨

秦釵枉斷長條玉,[1] 蜀紙虛留小字紅.[2]
死恨物情難會處,[3] 蓮花不肯嫁春風.[4]

【주석】

1) 秦釵(진채) : 한대漢代 진가秦嘉가 부인 서숙徐淑에게 준 쌍갈래비녀. 사랑의 징표를 의미한다.
진가는 동한東漢 농서隴西 출신으로 자가 사회士會이며 환제桓帝 때 황문랑黃門郞을 역임하였다. 부인 서숙徐淑과의 애정이 돈독하여 서로 주고받은 시문이 전하고 있으며, 진가 사후에 서숙은 평생 수절하였다. ≪태평어람太平御覽·복용부服用部·채釵≫에 따르면 진가가 서숙에게 보낸 편지에서 "지금 보배로운 쌍갈래비녀 한 쌍을 보내니 천금의 가치가 있어 머리를 빛나게 할 수 있을 것입니다. 요사이 이 거울을 얻었는데 세상에 드물게 있는 것이라, 생각하기에 이를 매우 좋아할 듯하여 드립니다.(今致寶釵一雙, 價値千金, 可以曜首. 頃得此鏡, 世所希有, 意甚愛之, 故以相與)"라 하였다. 서숙이 답서에서 말하기를, "당신께서 멀리 가셨다 아직 돌아오지 않았으니 거울을 장차 어디에 쓰겠습니까? 밝은 거울로 형상을 비추는 것은 마땅히 당신이 올 때를 기다리겠습니다. 당신의 빛나는 의용을 받들 수 없으니 보배로운 쌍갈래비녀를 꼽지 않겠습니다.(君征未旋, 鏡將何施. 明鏡鑑形, 當待君至. 未奉光儀, 則寶釵不設)"라 하였다.

枉斷(왕단) : 부질없이 부러뜨리다. 사랑의 징표로 쌍갈래비녀를 나누어 가진 것을 말한다.

2) 蜀紙(촉지) : 촉蜀 지역에서 생산된 고급의 종이. 편지를 가리킨다.
小字(소자) : 깨알 같은 작은 글씨. 많은 말을 의미한다.

3) 物情(물정) : 세상의 인정이나 사정.
難會(난회) : 이해하기 어렵다.

4) 蓮花(연화) : 연꽃. 사랑하는 여인을 가리킨다.
春風(춘풍) : 봄바람. 여인을 유혹하는 다른 남자들을 비유한다.

【해설】

이 시는 이루지 못한 사랑에 대한 안타까움과 사랑하는 여인에 대한 믿음을 나타내고 있다. 시에서는 화자의 성별이 분명하게 드러나 있지 않은데, 여기에서는 남성 화자로 보았다. 만약 여성 화자로 본다면 마지막 구절은 변함없는 사랑에 대한 자신의 신념을 말한 것으로 볼 수 있다.

제1~2구에서는 여인과 쌍갈래비녀를 나누어 가지며 사랑의 언약을 맺고 사랑의 연서도 보내었지만, 이제는 모두가 헛된 일이 되고 말았음을 안타까워하고 있다. 제3~4구에서는 모든 일이 뜻대로 이루어지지 않는 세상사를 탄식하며, 그래도 자신이 사랑하는 여인은 다른 남자에게 마음을 주지는 않을 것이라 믿고 있다.

73. 두 곳

누대 위로 옅은 산은 가로놓여 있고
누대 앞에 도랑물은 맑네.
산은 사랑스럽고 물도 사랑스러워
두 곳 모두 정을 끌어당기네.

兩處

樓上澹山橫,[1] 樓前溝水淸.[2]
憐山又憐水,[3] 兩處總牽情.[4]

【주석】

1) 澹山(담산) : 아득히 보이는 먼 산.
2) 溝水(구수) : 도랑에 흐르는 물.
3) 憐(련) : 사랑스럽다.
4) 牽情(견정) : 정을 끌어당기다. 감흥을 일으키는 것을 말한다.

【해설】

이 시는 누대에 올라 바라본 경관을 노래하고 있다.

제1~2구에서는 누대의 위쪽과 앞쪽의 경관을 묘사하며 상하좌우의 방향을 아우르고, 먼 산과 가까운 도랑의 모습을 통해 원근과 산수의 대비를 함께 나타내고 있다. 제3~4구에서는 산과 물의 경관이 모두 사랑스러워 절로 감흥이 생겨남을 말하고 있다.

74. 코를 감싸 쥐며

코 감싸고 슬피 읊조리며 줄곧 시름겨워하는데
차가운 밤은 다 지나고 다시 돌아오지 않네.
가을 대자리 위 푸른 병풍에서 잠 못 이루고
깊은 밤 누대에서 붉은 잎에 마음 아파하네.
계절 따라 빼어난 흥취 더해야만 하리니
어찌 무작정 이별의 근심에 슬퍼하기만 하리?
도타운 정으로 관의 수로에 의지하여
서쪽 시내로 가 낚싯배를 띄운다네.

擁鼻

擁鼻悲吟一向愁,[1] 寒更轉盡未回頭.[2]
綠屛無睡秋分簟,[3] 紅葉傷心月午樓.[4]
卻要因循添逸興,[5] 若爲趨競愴離憂.[6]
殷勤憑仗官渠水,[7] 爲到西溪動釣舟.[8]

【주석】

1) 擁鼻(옹비) : 코를 손으로 감싸다. 낮은 소리로 시를 읊조리는 모습을 말한다.
一向(일향) : 줄곧. 내내.
2) 寒更(한경) : 차가운 밤 시간. '경更'은 밤의 오경五更을 가리킨다.
轉盡(전진) : 다 돌다. 밤 시간이 끝나가는 것을 말한다.
3) 秋分(추분) : 추분. 24절기 중의 하나. 여기서는 가을을 가리킨다.

簟(점) : 대자리.

4) 月午(월오) : 달이 오야午夜에 이르는 때로, 한밤중을 가리킨다.

5) 因循(인순) : 절기의 순환을 따르다.

逸興(일흥) : 빼어난 흥취, 감흥.

6) 若爲(약위) : 어찌~하겠는가?

趨競(추경) : 다투어 내달리다. 한 곳에 몰두하여 다른 생각을 하지 않는 것을 말한다.

7) 殷勤(은근) : 정이 깊고 두터운 모양.

憑仗(빙장) : 의지하다. 기대다.

官渠(관거) : 관에서 만든 수로.

8) 西溪(서계) : 서쪽 시내. 구체적으로 어디를 가리키는지 알 수 없다.

釣舟(조주) : 낚싯배.

【해설】

이 시는 가을에 느끼는 이별의 시름을 노래하며 슬픔과 근심에서 벗어나려 하는 모습을 나타내고 있다.

제1~2구에서는 밤새도록 슬피 읊조리며 시름에 잠겨 있는 모습을 말하고 있다. 제3~4구에서는 각각 방안과 누대로 공간을 달리하여 잠을 이루지 못하고 배회하며 슬픔에 빠져들고 있는 상황이 나타나 있다. 제5~6구에서는 홀연 감정의 전환을 일으켜 좋은 계절에 그저 이별의 슬픔에만 빠져 있을 수는 없음을 말하고, 마지막 제7~8구에서는 수로를 따라 서쪽 시내로 가 낚싯배를 띄우며 계절을 즐기는 모습으로 이별의 시름에서 벗어나려 하고 있다.

75. 여인의 원망

시간은 어느새 흘러가 버려 남몰래 처량해하고
능화경 마주하며 새벽 화장하는 것도 흥이 없네.
그네 막 부서져 사람은 적막하고
뒤뜰 푸른 풀은 제멋대로 자라도록 내버려 두네.

閨怨

時光潛去暗淒涼,[1] 懶對菱花暈曉妝.[2]
初坼鞦韆人寂寞,[3] 後園青草任他長.[4]

【주석】

1) 時光(시광) : 시절. 시간.
潛去(잠거) : 은밀히 떠나가다.
淒涼(처량) : 처량하다. 쓸쓸하다.

2) 懶(라) : 게으르다. 귀찮다. 흥이나 의욕이 없는 것을 말한다.
菱花(능화) : 마름꽃. 여기서는 능화경菱花鏡을 가리킨다. 능화경은 모양이 육각형이거나 뒷면에 능화가 새겨져 있는 거울이다.
暈(훈) : 분칠하다. 화장하다.

3) 坼(탁) : 갈라지다. 부서지다. '절折'과 같다.
鞦韆(추천) : 그네.

4) 任他(임타) : 내버려 두다.

【해설】

이 시는 저무는 봄날 여인의 무력감을 노래하고 있다.

제1~2구에서는 어느새 지나가 버린 봄날의 시간을 안타까워하며 새벽에 일어나 화장조차 하고 싶지 않은 무기력한 심정을 나타내고 있다. 제3~4구에서는 부서진 그네와 적막해진 사람들의 자취, 후원에 제멋대로 자란 풀을 통해 봄이 이미 다 저물고 봄날의 즐거움과 흥취 또한 사라져 버렸음을 말하고 있다.

76. 부드럽고 가녀려 (정묘년에 쓰다)

부드럽고 가녀린 허리에 엷게 화장하고
육조 궁중 양식으로 옷은 몸에 꼭 끼었네.
시 쓰며 잠시 앵두 벌어지는 것 보았고
술잔 날리며 아련히 두구 향기 맡았네.
봄날 시름겨운 생각에 몸은 수척하고
술 더한 얼굴에 분 화장은 빛이 났었지.
이때는 분명히 말할 수 없었지만
바람과 달은 남몰래 애간장 끊어지는 것을 알았겠지.

裊娜 丁卯年作[1]

裊娜腰肢澹薄妝,[2] 六朝宮樣窄衣裳.[3]
著詞暫見櫻桃破,[4] 飛醆遙聞荳蔻香.[5]
春惱情懷身覺瘦,[6] 酒添顏色粉生光.[7]
此時不敢分明道,[8] 風月應知暗斷腸.[9]

【주석】

1) 丁卯年(정묘년) : 후량後梁 태조太祖 개평開平 원년(907).
2) 裊娜(요나) : 부드럽고 가녀린 모양.
腰肢(요지) : 허리.
3) 六朝(육조) : 삼국시기 오吳와 동진東晉, 송宋, 제齊, 양梁, 진陳의 여섯 나라. 모두 건업建業(지금의 강소성江蘇省 남경시南京市)을 도성으로 삼았다.

窄(착) : 몸에 끼다.

衣裳(의상) : 저고리와 치마. 의복을 가리킨다.

4) 著詞(저사) : 시를 쓰다.

櫻桃(앵도) : 앵두. 여인의 농염한 모습을 비유한다.

5) 飛醆(비잔) : 술잔을 날리다. '잔醆'은 '잔盞'과 같다.

荳蔻(두구) : 풀 이름. '육두구肉荳蔻'라고도 한다. 다년생 초본 식물로 키가 열 자가량 되며 여름에 담황색의 꽃이 핀다. 여기서는 여인의 향기를 비유한다.

6) 惱(뇌) : 번민하다. 고뇌하다.

7) 顔色(안색) : 얼굴.

8) 分明道(분명도) : 분명히 말하다. 여인에게 자신의 속마음을 고백하는 것을 가리킨다.

9) 斷腸(단장) : 애간장이 끊어지다. 슬픔이 극에 달하는 것을 비유한다.

【해설】

이 시는 술자리에 만난 아름다운 여인을 회상하며 그녀를 향한 사랑의 감정을 노래하고 있다.

앞의 여섯 구에서는 술자리에서 여인을 만난 일을 회상하고 있다. 제1~2구에서는 옅은 화장에 몸매가 드러나 보이는 화려한 옷을 입고 있던 여인의 모습을 떠올리고 있다. 제3~4구에서는 농익은 앵두와 향기로운 두구荳蔻로 여인의 아름다운 모습을 비유하며, 잠깐씩 그녀를 바라보고 아련한 그녀의 향기를 의식하는 행동을 통해 그녀에 대한 관심과 연모를 나타내고 있다. 제5~6구에서는 봄 시름에 수척해진 여인의 모습과 술로 인해 붉게 달아오른 여인의 얼굴을 묘사하며 그녀에 대한 연민과 애정을 나타내고 있다. 마지막 제7~8구에서는 당시의 감정을 회상하며, 그때는 여인에게 차마 자신의 마음을 고백하지 못하고 속으로 애간장만 끊었음을 말하고 있다.

77. 정이 많아 (경오년에 도림장에서 쓰다)

하늘이 다정함을 주어 스스로 어찌하지 못하니
다정함과 병은 서로 잘 어울린다네.
벌이 들판의 꿀을 훔쳐 막 맛보는 곳이요
꾀꼬리가 앵두를 쪼아 삼키려 하는 때로구나.
술이 심사를 어지럽혀 자못 편안치 못하더니
봄이 정을 끌어와 다시 화락해지네.
수향 가득 넣은 금동이 안에
옥 나무 가지 하나 오래도록 담가두어야 하리.

多情 庚午年桃林場作[1]

天遣多情不自持,[2] 多情兼與病相宜.
蜂偸野蜜初嘗處,[3] 鶯啄含桃欲咽時.[4]
酒蕩襟懷微駊騀,[5] 春牽情緖更融怡.[6]
水香賸置金盆裏,[7] 瓊樹長須浸一枝.[8]

【주석】

1) 庚午年(경오년) : 후량後梁 태조太祖 개평開平 4년(910).
桃林場(도림장) : 지명. 지금의 복건성 영춘현永春縣이다.
2) 遣(견) : 보내다. ~하게 하다.
3) 野蜜(야밀) : 들판의 꿀.
4) 含桃(함도) : 앵두.
5) 駊騀(파아) : 말이 머리를 내두르다. 심사가 안정되지 못한 것을

가리킨다.

6) 融怡(융이) : 화락하다. 즐겁고 평온하다.

7) 水香(수향) : 향초의 일종. 오吳 땅의 연못에서 나며 잎이 난초와 같아 '난향蘭香'이라고도 한다. 홍백색의 꽃이 피고 향기가 있으며, 이것을 끓인 물로 목욕을 하면 풍증風症을 치료한다고 한다.

金盆(금분) : 황금으로 장식한 동이.

賸置(잉치) : 가득 담아두다.

8) 瓊樹(경수) : 선계仙界에 자란다는 옥 나무. 여기서는 아름다운 여인을 비유한다.

浸(침) : 적시다. 담그다.

【해설】

이 시는 시름과 즐거움, 불안과 평온이 공존하는 미묘하고 복잡한 봄날의 감회를 노래하고 있다.

제1~2구에서는 봄날 온갖 생각과 감회들이 주체할 수 없이 생겨나는 것이 마치 의도치 않게 찾아오는 어찌할 수 없는 육신의 질병과도 같음을 말하고 있다. 제3~4구에서는 꿀을 훔쳐 먹는 벌과 앵두를 쪼아 먹는 꾀꼬리를 통해 사랑의 은밀함과 달콤함을 말하고, 제5~6구에서는 어지럽고 불안했던 심사가 사랑의 감정으로 인해 즐겁고 평온하게 되었음을 말하고 있다. 마지막 제7~8구에서는 수향 가득한 대야에 잠겨 있는 옥 나무 가지로 향기로운 욕조에서 목욕하고 있는 여인을 비유하며, 아름다운 여인과 오래도록 함께 사랑하고 싶은 마음을 나타내고 있다.

78. 우연히 만나

한련 피우는 데는 천금도 아깝지 않으니
한 번의 미소는 하채 고을을 기울게 하네.
선계 나무의 꽃이 피었건만 종류를 물어보기 어렵고
어전 향의 향기 나건만 이름을 알 수가 없네.
시름에 겨우니 노랫소리 목메는 것을 절로 느껴지고
수척해져 가니 손바닥에서 춤추는 여인을 누가 사랑해주리?
작게 겹겹 접은 붉은 편지에 회한의 글을 써서
자신을 대신해 임에게 부쳐달라 하네.

偶見

千金莫惜旱蓮生,[1] 一笑從教下蔡傾.[2]
仙樹有花難問種,[3] 御香聞氣不知名.[4]
愁來自覺歌喉咽,[5] 瘦去誰憐舞掌輕.[6]
小疊紅箋書恨字,[7] 與奴方便寄卿卿.[8]

【주석】

1) 旱蓮(한련) : 연꽃의 일종.
2) 從教(종교) : 이로 인해 ~하게 하다.
下蔡(하채) : 옛 군郡 이름. 지금의 안휘성 봉대현鳳臺縣 지역이다. 전국시기 초楚나라에 속하였으며 양성陽城과 더불어 귀족과 미인들이 많이 사는 곳으로 유명하였다.
傾(경) : 기울다. '경국지색傾國之色'의 의미로, 온 나라 사람들이 몰려가 구경할 정도로 미모가 빼어난 것을 비유한다. 앞의 57. 〈육언3수六言三首〉(1) 주1) 참조.

3) 仙樹(선수) : 선계仙界에서 자라는 나무.

4) 御香(어향) : 어전御殿에서 피우는 향.

5) 喉咽(후열) : 목이 메이다.

6) 舞掌輕(무장경) : 손바닥 위에서 가볍게 춤추다. 작고 아름다운 여인을 가리킨다.

7) 小疊(소첩) : 작게 여러 겹으로 접다.

8) 與奴(여노) : 자신을 대신하다. '여與'는 '~을 대신하여', '~을 위하여'라는 뜻이다. '노奴'는 여인 자신에 대한 겸칭이다.

方便(방편) : 편의를 봐주다. 도와주다.

卿卿(경경) : 연인이나 부부간의 애칭.

【해설】

이 시는 우연히 만난 여인에 대한 흠모와 어긋난 사랑으로 인한 비애를 나타내고 있다.

제1~2구에서는 여인의 모습이 천금보다 가치가 있고 온 고을을 기울일 정도로 아름다움을 말하고 있다. 제3~4구에서는 여인을 선계의 꽃과 어전의 향에 비유하며 그 이름조차 알 수 없음을 안타까워하고 있다. 제5~6구에서는 여인의 노래에서 시름이 느껴짐을 말하고, 수척해진 작고 여린 몸으로 춤추고 있는 모습을 바라보며 사랑과 연민을 나타내고 있다. 그러나 마지막 제7~8구에서 여인은 자신의 회한을 담은 연서를 사랑하는 임에게 대신 보내주기를 청하며 여인을 흠모하는 시인에게 좌절과 비애를 느끼게 하고 있다.

79. 그대여

그대의 지극한 사랑을 깊이 느끼지만
막고 방해하는 것을 어찌하리?
발 너머로 푸른 신발 자국 엿보고
기둥에 숨어 수줍은 시선 보내네.
나이 들어 나를 알아주는 이 만나기 드물어도
가슴속 정은 남몰래 기쁨이 많다네.
이에 한 잔 술 기울여
그저 어긋난 사랑을 위로한다네.

個儂[1]

甚感殷勤意,[2] 其如阻礙何.[3]
隔簾窺綠齒,[4] 映柱送橫波.[5]
老大逢知少,[6] 襟懷暗喜多.[7]
因傾一尊酒,[8] 聊以慰蹉跎.[9]

【주석】

1) 個儂(개농) : 그대. 당신. '개個'는 지시사. '농儂'은 2인칭으로, 사랑하는 사람을 가리킨다.
2) 殷勤(은근) : 깊고 지극하다. 정성스럽고 헌신적인 사랑의 감정을 의미한다.
3) 阻礙(조애) : 막고 방해하다. 사랑의 장애물을 가리킨다.
4) 綠齒(녹치) : 푸른 이끼에 난 나막신 자국. 임의 신발 자국을 가리킨다.

5) 映(영) : 가리다. 은폐하다.

横波(횡파) : 시선을 옆으로 하다. 수줍게 바라보는 여인의 시선을 가리킨다.

6) 老大(노대) : 장성하다.

逢知(봉지) : 자신을 알아주는 사람을 만나다.

7) 襟懷(금회) : 가슴에 품은 정.

8) 尊(준) : 술잔. '준樽'과 같다.

9) 蹉跎(차타) : 발을 헛디디어 넘어지다. 자신이 사랑이 순조롭지 않은 것을 말한다.

【해설】

이 시는 사랑하는 사람과 사랑을 이루지 못하는 회한을 노래하고 있다.

제1~2구에서는 임의 진실한 사랑을 가슴 깊이 느끼지만 둘 사이를 가로막는 사랑의 방해물을 스스로 어찌할 수 없음을 말하고 있다. 제3~4구에서는 발 너머로 혹은 기둥 뒤에 숨어 그저 임의 자취를 바라볼 수밖에 없는 자신의 처지를 말하고, 제5~6구에서는 이미 장성하여 자신을 알아주는 이를 만나기 어렵지만, 임으로 인해 가슴속에 커다란 기쁨이 생겨나고 있음을 말하고 있다. 마지막 제7~8구에서는 뜻대로 이루어지지 않는 사랑을 안타까워하며 그저 술로 자신을 위로하고 있다.

80. 무제 - 서문을 함께 쓰다

나는 신유년(901)에 놀이 삼아 〈무제시〉 14운을 지었는데 작고한 봉상 상국 왕공이 처음에 이어서 화답하였으며, 작고한 한림학사 시랑 오융과 사인 영호환, 중서성 각하사인 유숭예, 이부원외랑 왕환이 차례로 이어서 화답하였다. 인하여 내가 제2수를 써서 여러 공에게 보내니, 두 한림학사와 이부원외랑이 또한 다시 화답하였다. 내가 다시 제3수를 쓰니 두 한림학사가 또한 세 번째로 화답하였다. 상국 왕공이 1수, 중서성의 유숭예가 1수, 이부의 왕환이 2수, 두 한림학사가 각 3수였다. 내가 다시 이전 시의 운을 도치시켜 제4수를 완성하니 두 한림학사가 웃으며 나에게 말하기를, "삼가 항복의 깃발을 꽂겠습니다. 어찌 시가 이와 같을 수 있습니까?"라 하고는 마침내 화답시 쓰기를 그만두었다.

이해 10월 말에 나는 내직에 있었는데 하루아침에 병란이 일어나 어가를 따라 서쪽으로 가는 바람에 글들이 모두 버려지고 다시 남아 있는 것이 없었다. 병인년(906) 9월에 복건 지역에서 살고 있었는데, 전 동도 탁지원 시어사 소위가 없어졌던 시들을 나에게 가져와서 주었고 그중에 〈무제시〉 1수가 있었다. 그리하여 옛 작품을 추억하며 음미하였는데 빠뜨리고 잊어버린 것이 매우 많아, 오직 제2수와 제4수는 대충 기억할 수 있었고 제3수는 겨우 몇 구절만 얻을 수 있을 뿐이었다. 지금 또한 순서에 따라 이를 기록하고 다른 때 다시 온전한 편을 얻게 되기를 기다린다. 나머지 다섯 사람이 화답한 것은 기억이 나지 않는다.

無題 幷序

余辛酉年戲作無題十四韻,[1] 故奉常王公相國首於繼和,[2] 故內翰吳侍郎融,[3] 令狐舍人渙,[4] 閣下劉舍人崇譽,[5] 吏部王員外渙相次屬和.[6] 余因作第二首, 却寄諸公, 二內翰及小天亦再和.[7] 余復作第三首, 二內翰亦三和. 王公一首, 劉紫微一首,[7] 王小天二首, 二學士各三首.[7] 余又倒押前韻成第四首,[10] 二學士笑謂余曰, 謹竪降旗, 何朱硯如是也.[11] 遂絶筆. 時歲十月末, 余在內直,[12] 一旦兵起,[13] 隨駕西狩,[14] 文稿咸棄, 更無孑遺.[15] 丙寅年九月,[16] 在福建寓止, 有前東都度支院蘇暐端公,[17] 挈余淪落詩稿見授,[18] 中得無題一首. 因追味舊作,[19] 缺忘甚多, 唯第二第四首髣髴可記, 其第三首纔得數句而已. 今亦依次編之, 以俟他時又獲全本.[20] 餘五人所和, 不復憶省矣.

【주석】

1) 辛酉年(신유년) : 당唐 소종昭宗 천복天復 원년(901)이다.

2) 奉常(봉상) : 종묘의 예악을 담당하는 관원. 태상太常이라고도 한다.
王公相國(왕공상국) : 재상 왕공王公. 왕부王溥를 가리킨다.

3) 內翰(내한) : 한림학사翰林學士의 별칭.
吳侍郎融(오시랑융) : 시랑侍郎 오융吳融. 당시 호부시랑戶部侍郎으로 있었다.

4) 令狐舍人渙(영호사인환) : 사인舍人 영호환令狐渙. 당시 중서사인으로 있었다.

5) 閣下(각하) : 중서성 소속 여섯 사인 중 연차가 가장 오래된 사인을 부르는 말.
劉舍人崇譽(유사인숭예) : 사인舍人 유숭예劉崇譽. 당시 중서사인으로 있었다.

6) 王員外渙(왕원외환) : 원외랑員外郞 왕환王渙. 당시 이부원외랑으로 있었다.

7) 二內翰(이내한) : 두 명의 한림학사. 오융과 영호환을 가리킨다.
小天(소천) : 이부시랑吏部侍郞의 별칭. 여기서는 이부원외랑 왕환을 가리킨다.

8) 紫微(자미) : 중서성中書省의 별칭.

9) 學士(학사) : 한림학사翰林學士.

10) 倒押(도압) : 압운을 도치시키다. 운자의 순서를 바꾸어 쓰는 것을 말한다.

11) 朱硯(주연) : 붉은 벼루. 시문詩文을 비유한다.

12) 內直(내직) : 궐내에서 당직하다. 조정의 관원으로 있었음을 말한다. 당시 한악韓偓은 한림학사로 있었다.

13) 兵起(병기) : 병란이 일어나다.

14) 西狩(서수) : 서쪽으로 순수巡狩하다. 천복天復 원년(901) 10월에 소종昭宗이 환관 한전회韓全誨에게 겁박당하여 장안을 떠나 서쪽 봉상鳳翔으로 간 것을 말한다.

15) 孑遺(혈유) : 남아 있다.

16) 丙寅年(병인년) : 당唐 애제哀帝 천우天祐 3년(906)이다.

17) 東都(동도) : 낙양洛陽.
度支院(탁지원) : 탁지사度支司. 호부戶部에 속한 네 사司 중의 하나로, 국가의 재정 수입을 관장하였다.
蘇暐端公(소위단공) : 시어사侍御史 소위蘇暐. 당대에는 시어사를 단공이라 하였다.

18) 挈(설) : 손에 들다. 가지고 오다.

淪落(윤락) : 사라져 없어지다.
19) 追味(추미) : 추억하며 음미하다.
20) 俟(사) : 기다리다.

(1)
작은 난간에서 등불 옮겨오니
빈방 안에 떠도는 먼지 갇히고,
이마 주름에 바람 종일 불더니
발 그림자에 달빛은 새벽으로 다가가네.
옷 갈아입은 후 향기는 진하고
비녀 꽂아 하나로 묶은 살쩍머리 새롭네.
불길한 생각 속에 좋은 소식 들으니
횡설수설하는 것이 천진하기만 한데,
화장 마치고 길게 탄식하니
기쁨 속에도 외려 이마 살짝 찌푸리네.
수 놓은 병풍 둘러 금으로 집을 짓고
실로 짠 휘장 드리워 옥으로 수레를 만드니,
〈면죽송〉에 뜻을 담고
편지에 정성을 기탁한다네.
노래에는 눈썹 가의 회한이 맺혀 있고
술은 볼 가의 봄기운을 일으키며,
시내에서 빨래하니 서시보다 뛰어나고
누대에서 퉁소 부니 어찌 농옥을 부러워하리?
버들 솜은 사악한 기운을 막고
매실은 향기로운 침을 고이게 하네.
악부에서는 청아한 노래의 감흥을 떨어뜨리고

수라간에서는 진귀한 음식의 맛을 덜어내며,
몸가짐을 단속하여 옷깃을 갖추어 여미고
시기함을 참으며 눈물을 훔치지도 않는다네.
간밤 마신 술에 시름은 꿈에 얽히고
봄은 차가워 수척함이 몸에 드러나건만,
손에 한 쌍 두구꽃 드니
분명 동쪽 이웃의 아름다운 여인이라네.

其一

小檻移燈灺,[1]　　空房鎖隙塵.[2]
額波風盡日,[3]　　簾影月侵晨.[4]
香辣更衣後,[5]　　釵梁攏鬢新.[6]
吉音聞詭計,[7]　　醉語近天眞.[8]
妝好方長歎,　　歡餘卻淺顰.[9]
繡屛金作屋,　　絲幰玉爲輪.[10]
致意通綿竹,[11]　　精誠托錦鱗.[12]
歌凝眉際恨,[13]　　酒發臉邊春.[14]
溪紵殊傾越,[15]　　樓簫豈羨秦.[16]
柳虛禳沴氣,[17]　　梅實引芳津.[18]
樂府降淸唱,[19]　　宮廚減食珍.[20]
防閑襟幷斂,[21]　　忍妬淚休勻.[22]
宿飮愁縈夢,[23]　　春寒瘦著人.
手持雙荳蔻,[24]　　的的爲東鄰.[25]

【주석】

1) 小檻(소함) : 작은 난간. 방 주변에 둘러쳐진 난간을 의미한다.

燈灺(등사) : 등과 불똥. 등불을 의미한다.

2) 鎖(쇄) : 잠그다. 가두다.

隙塵(극진) : 틈 사이로 들어온 빛에 비치는 먼지.

3) 額波(액파) : 이마의 주름.

4) 月侵晨(월침신) : 달이 새벽을 침범하다. 새벽 달빛이 비치는 것을 말한다.

5) 香辣(향랄) : 향이 강렬하다.

6) 釵梁(채량) : 비녀의 몸통. 비녀를 가리킨다.

攏(농) : 머리를 하나로 묶다.

7) 詭計(궤계) : 염려. 좋지 않은 생각. 온갖 불길한 생각을 가리킨다.

8) 醉語(취어) : 취중의 말. 여기서는 기쁨으로 인해 말이 횡설수설하는 것을 말한다.

9) 淺顰(천빈) : 약간 이마를 찌푸리다.

10) 絲幰(사헌) : 실을 짜서 만든 수레 휘장.

11) 綿竹(면죽) : 〈면죽송綿竹頌〉. 한대漢代 양웅揚雄이 지은 문장이다. 양웅은 이 문장으로 인해 성제成帝를 소견하고 황문시랑黃門侍郎에 임명되었다.

12) 錦鱗(금린) : 비단잉어. 서신書信을 비유한다. 고악부古樂府 〈음마장성굴행飮馬長城窟行〉에 "객이 먼 지방에서 와서 나에게 잉어 두 마리를 주었네. 아이를 불러 잉어를 삶으니 그 속에 비단 편지가 들어있었네.(客從遠方來, 遺我雙鯉魚. 呼兒烹鯉魚, 中有尺素書)"라 한 것에서 유래하였다.

13) 眉際恨(미제한) : 눈썹 가에 맺힌 한.

14) 臉邊春(검변춘) : 볼 가에 피어오른 봄.

15) 溪紵(계저) : 시냇가의 모시. 춘추시기 월越나라의 미녀 서시西施가 완사계浣紗溪에서 빨래하던 것을 인용한 것으로, 여인이 빨래하는 모습을 가리킨다.

殊(수) : 매우

傾越(경월) : 월녀越女를 기울게 하다. 미모가 월나라 서시西施보다 뛰어난 것을 말한다.

16) 樓簫(누소) : 누대의 퉁소 소리. 여인이 부는 퉁소 소리를 가리킨다.
羨秦(선진) : 진녀秦女를 부러워하다. 진녀는 진秦 목공穆公의 딸 농옥弄玉을 가리킨다. 소사蕭史와 부부가 되어 그에게 퉁소를 배워 봉황 울음을 낼 수 있었고 목공이 지어준 누대에서 몇 년을 함께 살다 봉황을 타고 신선이 되어 날아갔다.

17) 柳虛(유허) : 버들 솜. '유서柳絮'의 의미로 사용되었으며, 여인의 아름답고 부드러운 모습을 비유한다.
禠(제) : 없애다. 제거하다.
沴氣(여기) : 사악한 기운.

18) 芳津(방진) : 향기로운 침.

19) 樂府(악부) : 고대에 민간의 노래를 채집하던 관서. 민가를 가리키기도 한다.
降淸唱(강청창) : 청아한 노래의 감흥을 떨어뜨리다. 악부의 어느 노래보다도 뛰어남을 말한다.

20) 宮廚(궁주) : 궁궐의 수라간.
減食珍(감식진) : 진귀한 음식의 맛을 줄이다. 궁궐의 어느 음식보다도 뛰어남을 말한다.

21) 防閑(방한) : 막고 금하다. 몸가짐을 단속하는 것을 말한다.
襟幷斂(금병렴) : 옷깃을 모두 여미다. 옷매무시를 단정히 하는 것을 말한다.

22) 忍妬(인투) : 투기를 참다.
淚休勻(누휴균) : 눈물을 훔치지 않다. '균勻'은 '눈물을 닦다', 또는 '눈물을 적시다'는 뜻이다.

23) 宿(숙) : 지난 밤.

24) 荳寇(두구) : 향초의 일종. '두구荳蔻' 또는 '두구豆蔻'라고도 한다.

25) 的的(적적) : 분명한 모양.

東鄰(동린) : 동쪽 이웃. 미인을 비유한다. 송옥宋玉의 〈등도자호색부登徒子好色賦〉에서 "초나라의 미인은 신의 마을만 한 곳이 없고, 신의 마을의 미인은 동쪽 집의 자식만 한 사람이 없습니다.(楚國之麗者, 莫若臣里, 臣里之美者, 莫若臣東家之子)"라 한 것에서 유래하였다.

【해설】

이 시는 서문에서도 밝히고 있듯이 한악韓偓이 한림학사翰林學士로 있을 때 재미 삼아 써서 동료들과 함께 화창한 것으로, 많은 전고典故와 화려한 수사기교를 통해 여인의 아름다운 모습과 임을 그리워하는 심정을 세밀하게 묘사하고 있다.

제1~4구에서는 밤이 되어 난간에 있는 등불을 빈방 안으로 옮겨 오는 상황과 주름진 이마에 종일토록 바람이 불다가 발 그림자에 새벽 달빛이 비치는 모습을 통해, 시름 속에 낮부터 밤이 새도록 임을 기다리고 있는 여인을 나타내고 있다. 제5~10구에서는 곱게 단장한 여인의 모습을 묘사하며, 임의 소식을 듣고 기뻐하는 천진난만한 모습과 기쁨 속에서도 이내 다시 찾아올 이별을 떠올리며 아쉬워하고 있는 심정을 나타내고 있다. 제11~14구에서는 임을 위해 황금 집과 옥 수레를 만들고 임과의 만남을 고대하는 심정을 편지에 담는 모습을 통해, 임을 향한 지극한 사랑과 그리움을 나타내고 있다. 제15~24구에서는 여인의 노래와 퉁소 소리, 미모와 자태, 품성 등을 높이며 서시와 농옥, 버들 솜과 매실, 악부의 노래와 궁중의 음식 등을 들어 이에 비유하거나 비교하고 있다. 마지막 제25~28구에서는 시름에 겨워 술에 의지한 채 날로 수척해 가지만, 그럼에도 여인이 천하에 제일가는 미인임을 말하고 있다.

(2)

푸른 기와에 햇빛은 비스듬히 비치고
붉은 발에는 먼지도 끼지 않았는데,

그늘 짙은 버들은 푸른 들에 이어지고
흐드러진 꽃은 맑은 새벽에 찬란하네.
편지는 은밀하여 몰래 자주 보고
정이 통하여 글자체를 새로이 바꾸었으니,
끝내 결실을 얻지 못하리라 말로는 분명히 했지만
처음부터 진심에 하늘이 응해 주기를 몰래 기원했다네.
항아가 불사약 훔친 것이 싫다 말하지 말지니
정성을 다하고 서시 따라 찡그림을 천하게 여긴다네.
오색구름이 합해져 이루어졌으니
해의 수레가 되는 것이 마땅하네.
금칠한 발톱을 한 동물 장식은 빛나고
옥에 비늘 새긴 물고기 비녀를 꽂았네.
신선 사는 세 섬의 물결은 드넓고 아득하며
누대의 봄 경관은 멀리까지 펼쳐져 있네.
타마계 머리는 여전히 이름이 손수이고
기다란 눈썹은 본디 성이 진 씨라네.
노 저어 개 울음소리 들려오는 도화원 동굴을 찾고
뗏목 타고 소 물 먹이던 은하수 나루로 들어가네.
기린고기 육포가 좋은 술을 뒤따르고
서리꽃이 산해진미 사이에 있네.
비단 주머니에 노을 채색은 빛나고
비단 버선에 매끄러운 광택은 고르네.
수줍어 머뭇거리니 동료에게 끌려 나온 듯하고
아름다움은 넘쳐나 사람을 미혹시키려 하네.
마음 훔치는 도둑을 잡기 어려우니

조심하며 함께 이웃 삼지는 마시길.

其二

碧瓦偏光日,[1] 紅簾不受塵.
柳昏連綠野,[2] 花爛爍淸晨.[3]
書密偸看數,[4] 情通破體新.[5]
明言終未實,[6] 暗祝始應眞.[7]
枉道嫌偸藥,[8] 推誠鄙效顰.[9]
合成雲五色, 宜作日中輪.[10]
照獸金塗爪,[11] 釵魚玉鏤鱗.[12]
渺瀰三島浪,[13] 平遠一樓春.
墮髻還名壽,[14] 修蛾本姓秦.[15]
櫂尋聞犬洞,[16] 槎入飮牛津.[17]
麟脯隨重釀,[18] 霜華間八珍.[19]
錦囊霞彩爛, 羅襪砑光勻.[20]
羞澀佯牽伴,[21] 嬌饒欲泥人.[22]
偸兒難捉搦,[23] 愼莫共比鄰.[24]

【주석】

1) 偏(편) : 치우치다. 빛이 비스듬히 비치는 것을 가리킨다.
2) 柳昏(유혼) : 버들이 어둑하다. 버들이 무성하여 그늘이 짙은 것을 가리킨다.
3) 花爛(화란) : 꽃이 흐드러지게 피다.
爍(삭) : 빛나다.
4) 數(삭) : 빈번하다.
5) 破體(파체) : 모양을 변형시켜 쓴 글자체. 주로 글자를 심미적으로

변형시킨 쓴 것을 가리키는데, 여기서는 글자를 변형시켜 그 내용을 은밀하게 하는 것을 의미한다.

6) 明言(명언) : 분명하게 말하다.

未實(미실) : 결실을 얻지 못하다. 사랑을 이루지 못하는 것을 가리킨다.

7) 暗祝(암축) : 몰래 기원하다.

應眞(응진) : 진실한 정에 응하다. 하늘이 자신의 사랑에 응답해 주는 것을 가리킨다.

8) 枉道(왕도) : 말하지 말라. '왕枉'은 '막莫'과 같다.

偸藥(투약) : 약을 훔치다. 전설상 예羿의 처인 항아姮娥의 행동을 가리킨다. 예가 서왕모西王母로부터 얻은 불사약을 훔쳐 먹고 달로 달아나 달 속의 선녀가 되었다고 한다.

이 구는 여인을 항아에 비유하며 항아가 불사약을 훔쳐 먹었기 때문에 지금껏 아름다운 모습으로 살아 있을 수 있었음을 말한다.

9) 推誠(추성) : 정성으로 대하다. 임에 대한 마음이 정성스럽고 진실함을 말한다.

效矉(효빈) : 얼굴 찡그리는 것을 흉내 내다. 추한 여인이 서시를 흉내 낸 것을 가리킨다. ≪장자莊子 · 천운天運≫에 "서시가 심장이 아파 얼굴을 찡그렸는데 그 마을의 추한 사람이 보고는 예쁘다고 여겼다. 집으로 돌아가면서 자기도 심장을 받치고 얼굴을 찡그리니, 그 마을의 부귀한 사람들은 이를 보고 단단히 문을 닫고 나오지를 않았으며 가난한 사람들은 이를 보고 처자를 이끌고 그곳을 떠나버렸다. 그녀는 찡그려서 아름다운 것만 알았지 찡그려도 아름다운 이유는 알지 못했다.(西施病心而矉, 其里之丑人見而美之. 歸亦捧心而矉, 其里之富人見之, 堅閉門而不出, 貧人見之, 挈妻子而去之. 彼知矉美, 而不知矉之所以美)"라 하였다.

10) 日中輪(일중륜) : 해의 수레. 해의 모양이 수레바퀴와 같으며 끊임없이 운행하는 까닭에 이와 같이 부른다.

11) 金塗爪(금도조) : 금으로 칠한 발톱. 여인이 착용한 동물 장신구를 가리킨다.

12) 玉鏤鱗(옥루린) : 옥에 새긴 비늘. 여인이 꼽은 옥비녀를 가리킨다.

13) 渺瀰(묘미) : 물이 아득히 넓게 펼쳐져 있는 모양.

三島(삼도) : 세 개의 섬. 전설상 신선이 산다는 동해의 봉래蓬萊, 방장方丈, 영주瀛洲 세 산을 가리키는 것으로, 바다 위에 있기 때문에 이와 같이 불렀다. 앞의 50. 〈그리움에 옛날 시를 책 위에 쓰다 처연히 느낀 바가 있어 한 수 쓰다思錄舊詩於卷上, 淒然有感, 因成一章〉 주4) 참조.

14) 墮髻(타계) : 고대 여인의 머리 양식의 일종인 타마계墮馬髻. 쪽 머리에서 몇 가닥을 풀어 어깨까지 비스듬하게 드리우는 것으로, 마치 말에서 떨어진 듯한 머리 모양이라 하여 '타마계墮馬髻'라 하였다. 동한東漢의 대장군大將軍 양기梁冀의 처인 손수孫壽에게서부터 시작되었다고 하며 위진魏晉 시기에 크게 유행하였다고 한다.

15) 修蛾(수아) : 기다란 눈썹. 여기서는 조趙나라 한단邯鄲의 미녀 진나부秦羅敷를 가리킨다. 악부시 〈맥상상陌上桑〉의 여자 주인공으로, 최표崔豹의 《고금주古今注》에 따르면 나부의 남편이 조왕趙王의 가령家令이 되었는데, 나부가 밭두둑에서 뽕을 따는 것을 본 조왕이 그녀를 위력으로 차지하려 하자 〈맥상상〉을 불러서 거절했다고 한다.

16) 櫂(도) : 노.

聞犬洞(문견동) : 개 울음소리 들려오는 동굴. 도화원으로 들어가는 동굴을 가리킨다. 도잠陶潛의 〈도화원기桃花源記〉에 따르면 진晉나라 때 무릉武陵의 한 어부가 시내를 따라가다 갑자기 복숭아나무 숲을 만나게 되었는데 물의 근원이 있는 곳에 산이 하나 있었다. 산에 작은 동굴 같은 구멍이 있어 들어가 보니 닭과 개 울음소리가 들리는 평화로운 마을이 있었다. 마을 사람들은 어부를 환대하며 진秦나라 때 난리를 피해 이곳으로 왔다가 마침내 세상 사람들과 떨어져 지내게 되었다 말하고, 다른 이들에게 알리지 말 것을 당부했다. 그러나 어부는 그곳을 나오면서 곳곳에 표시를 해두고 태수太守를 찾아가 이를 아뢰었고, 태수가 사람을 보내 그를 따라가게 했으나 결국 길을 찾지 못했다.

17) 槎(사) : 뗏목.

飮牛津(음우진) : 소에 물 먹이는 나루. 은하수 가를 가리킨다. 장화張華의 ≪박물지博物志≫에 따르면 하늘의 은하수와 바다가 서로 이어져 있는데 해마다 8월이면 뗏목이 때를 맞춰 왕래하니, 바닷가에 사는 한 사람이 이를 기이하게 여겨 뗏목에 올랐다. 여러 날 동안 뗏목을 타고 하늘을 날아가 어떤 물가에 이르러, 소를 끌고 물을 먹이는 한 남자를 만나 이야기를 하였다. 돌아와 방사方士 엄군평嚴君平을 만났는데 그가 말하기를, "모년 모월 모일 객성客星이 견우의 별자리를 침범한 일이 있소."라 하였고, 연월을 계산해보니 바로 이 사람이 은하수에 이른 때였다.

18) 麟脯(인포) : 기린고기로 만든 포脯. 진귀한 음식을 가리킨다.

重釀(중양) : 거듭 빚은 술. 좋은 술을 가리킨다.

19) 八珍(팔진) : 팔진미八珍味. 산해진미를 가리킨다.

20) 砑光(아광) : 광택. 종이나 가죽, 베 등을 연마하여 나는 빛을 가리킨다.

21) 羞澀(수삽) : 부끄러워하며 주저하다. 수줍음에 머뭇거리며 행동이 자연스럽지 않은 것을 가리킨다.

22) 嬌饒(교요) : 아름다움이 충만하다.

泥(니) : 머무르게 하다. 미혹시키다.

23) 偸兒(투아) : 도둑. 여인의 마음을 훔치는 사람을 가리킨다.

捉搦(착닉) : 나포하다. 붙잡다.

24) 愼(신) : 삼가다. 조심하다.

比鄰(비린) : 이웃.

【해설】

이 시는 앞의 시를 차운次韻하여 쓴 것으로, 신화와 전설 속의 인물들을 차용하여 아름다운 여인의 모습에 신비로움을 더하고 있다.

제1~4구에서는 여인의 처소에 아침이 밝아오는 모습과 절정에 이른 봄의 경관을 선명한 색채 대비를 통해 나타내고 있다. 제5~8구에서는 임에게서 온 비밀 편지를 몇 번이고 몰래 훔쳐보고 여인 또한 비밀스러운 글자로 임에게 마음을 전하였음을 말하고, 비록 말로는 사랑이 이루어지지 못할 것이라 단언하였지만 마음속으로는 사랑이 이루어지기를 기원하고 있었음을 말하고 있다. 이어 제9~26구에서는 달의 여신인 항아를 비롯하여 손수와 진나부에 비유하여 여인의 아름다움을 찬미하고, 신선이 사는 세 섬과 세상과 떨어진 도화원, 견우가 있는 은하수 등을 들어 여인의 신비감을 더하고 있다. 마지막 제27~28구에서는 여인이 행여 다른 사람에게 마음을 빼앗길까 걱정하며 아무나 가까이하지 말 것을 당부하고 있다.

(3)

자줏빛 밀랍은 촛대 받침에 녹아들고
붉은 천으로 먼지 낀 거울을 닦네.
꿈자리 사나워도 오히려 밤이 아쉽기만 하니
화장할 흥도 없고 새벽 되는 것도 싫네.
붉은 소매에 눈물 흔적은 빼곡하고
향기로운 편지에 먹물 색은 새롭기만 하네.
- 여기서부터는 기억나지 않는다.

其三

紫蠟融花蒂,[1]　　紅綿拭鏡塵.

夢狂翻惜夜,[2]　　　妝懶厭凌晨.[3]
茜袖啼痕數,[4]　　　香牋墨色新.[5]
– 從此不記

【주석】

1) 紫蠟(자랍) : 자줏빛 밀랍.
花蒂(화체) : 꽃받침. 여기서는 촛대의 받침을 가리킨다.
2) 翻(번) : 도리어. '반反'과 같다.
3) 懶(라) : 게으르다. 귀찮다. 화장할 흥이나 의욕이 없는 것을 말한다.
4) 茜袖(천수) : 붉은 소매. '천茜'은 꼭두서니로, 진홍색의 염료로 쓰인다.
數(촉) : 촘촘하다. 빼곡하다.
5) 香牋(향전) : 향기로운 편지.

【해설】

이 시 역시 앞 시들에 차운次韻하여 쓴 것으로, 일부분만 남아 있다. 제1~2구에서는 녹아 흐르는 촛농과 먼지 덮인 거울로 여인의 눈물과 답답한 심경을 비유하고 있다. 제3~4구에서는 임과 함께 할 수 없기에 화장하는 것도 흥이 나지 않으며, 새벽보다는 차라리 꿈에서나마 임을 만날 수 있는 밤이 더 나음을 말하고 있다. 제5~6구에서는 소매 가득한 눈물 흔적과 늘 새로 쓰는 편지를 묘사하며 여인의 깊은 슬픔과 매일같이 솟아나는 그리움을 나타내고 있다.

81. 앞의 운자를 거꾸로 압운하여

백하현에서 돌아오는 길 함께 하고
오의항에서 외람되이 이웃이 되었으니,
패옥 소리는 아직 발 너머에 있지만
향기는 이미 사람을 맞이하네.
술은 잔 가득 차야 한다 권하고
글씨는 글자 고르지 않다 부끄러워하는데,
노래는 황죽의 원한을 가여워하고
맛은 벽도의 진미로 가득하네.
촛불 심지를 자르는 것은 좋은 계책이 아니며
관문을 지키는 것은 중요한 나루터이니,
조식은 처음 낙수를 건넜으며
양운은 옛날에 진 땅에 살았다네.
분칠한 얼굴에 물처럼 흐르는 시선 일렁이고
가벼운 적삼은 봄날의 새벽 안개 같으며,
이마에 그린 장식은 봉황의 한 쌍 날개요
하늘에 뜬 달은 물고기의 반쪽 비늘이라네.
이별의 소매는 파도처럼 뒤집히고
엉키는 창자는 바퀴처럼 구르니,
훗날 만날 기약에 발걸음 겨우 멈추었건만
이전의 아팠던 일들로 눈썹 다시 찡그리네.
설령 재주 있어도 이 마음 노래하기 어렵지만
어찌 진심을 담아내는 그림이 없으리?

천상의 향기가 다시금 맡아지고
선계의 옥나무는 새롭게 자라나네.
풀싸움 놀이하며 늘 풀을 교체하고
제비뽑기 놀이에 빠져 문득 새벽에 이르네.
꽃향기 맡아도 분별할 수 없으며
입술연지에선 고상한 품격 피어나네.

倒押前韻

白下同歸路,[1] 烏衣枉作鄰.[2]
珮聲猶隔箔,[3] 香氣已迎人.
酒勸杯須滿, 書羞字不勻.[4]
歌憐黃竹怨,[5] 味實碧桃珍.[6]
翦燭非良策,[7] 當關是要津.[8]
東阿初度洛,[9] 楊惲舊家秦.[10]
粉化橫波溢,[11] 衫輕曉霧春.
鴉黃雙鳳翅,[12] 麝月半魚鱗.[13]
別袂翻如浪,[14] 迴腸轉似輪.[15]
後期纔注脚,[16] 前事又含顰.[17]
縱有才難詠,[18] 寧無畫逼眞.[19]
天香聞更有,[20] 瓊樹見長新.[21]
鬪草常更僕,[22] 迷鬮誤達晨.[23]
齅花判不得,[24] 檀注惹風塵.[25]

【주석】

1) 白下(백하) : 백하현白下縣. 지금의 강소성江蘇省 남경시南京市 금천

문金川門 바깥 지역이다. 동진東晋의 명장 도간陶侃이 소준蘇峻을 토벌하면서 이곳에 백석루白石壘를 쌓아 이름이 유래하였다고 한다.

2) 烏衣(오의) : 오의항烏衣巷. 지금의 강소성 남경시 동남쪽의 진회하秦淮河 남쪽에 있는 거리이다. 동진東晋 때 왕도王導와 사안謝安 등 귀족들이 모두 여기에서 살았다. 지명의 유래는 왕씨와 사씨의 자제들이 검은 옷을 즐겨 입었기 때문이라는 설과 삼국시대에 석두성石頭城을 지키기 위해 여기에 주둔한 오나라 병사들이 검은 옷을 입었기 때문이라는 설이 있다.

   枉(왕) : 외람되다. 상대에 대한 겸손의 뜻을 의미한다.

3) 箔(박) : 갈대나 수수 등으로 만든 발의 한 종류.

4) 勻(균) : 고르다. 균등하다. 글자가 정연한 것을 가리킨다.

5) 黃竹(황죽) : 전설상의 지명. ≪목천자전穆天子傳≫에 따르면 주周 목왕穆王이 평택苹澤에 사냥을 나갔다가 추위와 눈보라에 얼어 죽은 사람이 있는 것을 보고 세 편의 시를 써서 백성을 애도하였는데, 그 처음이 "내가 황죽으로 가니(我徂黃竹)"로 시작하였다고 한다.

6) 碧桃(벽도) : 전설상 서왕모西王母가 한漢 무제武帝에게 주었다고 하는 선도仙桃.

7) 翦燭(전촉) : 촛불의 심지를 자르다. 재로 변한 촛불의 심지를 잘라 불을 밝게 하는 것을 말한다. 여기서는 이상은李商隱의 〈밤비에 북쪽에 있는 사람에게 부쳐夜雨寄北〉 시에서 "언제나 함께 서쪽 창의 촛불 심지 자르며, 파산에 밤비 내리던 때를 다시 이야기할까?(何當共剪西窗燭, 却話巴山夜雨時)"라 한 뜻을 차용하여, 사랑하는 사람과 헤어져 있으면서 재회를 바라고 있는 상황을 나타내었다.

   非良策(비량책) : 좋은 계책이 아니다.

   이 구는 임과의 재회를 바라며 그저 기다리고만 있는 것이 좋은 방법이 아님을 말한 것이다.

8) 當關(당관) : 관문을 지키다. 사랑의 쟁취나 실현을 비유한다.

   要津(요진) : 중요한 나루터. 요충지.

이 구는 앞 구에 이어 사랑의 실현에는 중요한 때와 장소가 있음을 말한 것이다.

9) 東阿(동아) : 지명. 삼국시기 위魏 조식曹植이 왕으로 봉해진 지역이다. 여기서는 조식을 가리킨다.
度洛(도락) : 낙수洛水를 건너다. 조식이 낙수를 건너며 낙수의 여신인 복비宓妃를 만나 〈낙신부洛神賦〉를 지은 일을 가리키는 것으로, 여기서는 복비와 같이 아름다운 여인을 만나는 것을 말한다.

10) 楊惲(양운) : 서한西漢 화음華陰 사람으로 사마천司馬遷의 외손이다. 곽광霍光의 모반을 고발하여 중랑장中郎將으로 발탁되었다.
家秦(가진) : 진秦 땅에서 살다. 양운은 〈손회종에게 답하는 편지報孫會宗書〉에서 "나는 집이 본디 진 땅으로 진 땅의 말을 할 수 있으며, 아내는 월 땅의 여인으로 고아하게 거문고를 잘 탄다.(家本秦也, 能言秦聲. 婦越女也, 雅善鼓瑟.)"라 하였다. 여기서는 양운의 아내와 같이 고상한 여인을 만나는 것을 말한다.

11) 粉化(분화) : 분칠하다. 화장하다.
橫波(횡파) : 물이 흐르듯이 옆으로 바라보는 시선. 아름다운 여인의 매혹적인 시선을 가리킨다.

12) 鴉黃(아황) : 고대 여인의 이마에 그린 노란색 화장 문양.
雙鳳翅(쌍봉시) : 봉황의 한 쌍의 날개.

13) 麝月(사월) : 사향麝香처럼 향기로운 달. 달의 미칭.
半魚鱗(반어린) : 물고기의 반쪽 비늘.

14) 別袂(별메) : 이별하는 소매.

15) 迴腸(회장) : 엉키어 휘감기는 창자. 시름겨운 마음을 비유한다.

16) 後期(후기) : 훗날 만날 기약.
注脚(주각) : 발걸음을 멈추다. 임을 따라가고 싶은 마음을 억누르는 것을 말한다.

17) 前事(전사) : 이전의 일. 임과 만나기 전 홀로 지낼 때의 외로움을 가리킨다.

含顰(함빈) : 이마를 찌푸리다.

18) 縱(종) : 설령.

19) 寧無(영무) : 어찌 없겠는가?

逼眞(핍진) : 진실에 가깝다. 진심을 담아 표현하는 것을 말한다.

20) 天香(천향) : 하늘의 향. 여인의 특이한 향을 가리킨다.

21) 瓊樹(경수) : 선계仙界에 자란다는 옥 나무. 여기서는 아름다운 여인을 비유한다.

22) 鬪草(투초) : 풀싸움 놀이하다. 풀싸움은 '투백초鬪百草'라 하여 고대 단오절에 여인이나 아이들이 즐겼던 놀이로, 서로 풀을 교차하여 당겨 끊어지는 것으로 승부를 삼았다.

更僕(경복) : 바꾸어 교체하다. 풀싸움에 쓰는 풀을 계속해서 바꾸는 것을 말한다.

23) 迷鬮(미구) : 제비뽑기 놀이에 빠지다.

誤(오) : 의도하지 않게. 자신도 모르게.

達晨(달신) : 새벽에 이르다. 밤새도록 놀이하는 것을 가리킨다.

24) 齅花(후화) : 꽃향기를 맡다.

判不得(판부득) : 구별할 수 없다. 여인에게서 나는 향기가 무슨 꽃의 향기인지 알 수 없음을 말한다. 또는 여인의 향기가 꽃향기와 구분이 되지 않는 것으로 볼 수도 있다.

25) 檀注(단주) : 입술연지.

惹(야) : 야기하다. 일으키다.

風塵(풍진) : 높은 바람과 맑은 먼지를 가리키는 '고풍청진高風淸塵'의 뜻으로, 품격이 맑고 숭고함을 의미한다.

【해설】

이 시는 앞의 〈무제無題〉 시에서의 운자를 거꾸로 차운하여 쓴 것으로, 그 내용 또한 앞의 시에서와 마찬가지로 여인의 아름다운 외모를 묘사하며 그녀와의 사랑과 이별의 감회를 나타내고 있다.

제1~4구에서는 여인과 우연히 동행한 일과 서로 이웃이 된 기쁨, 여인을 찾아가는 상황을 말하고 있으며, 제5~8구에서는 여인을 만나 노래와 술로 즐거운 시간을 보내고 있는 모습이 나타나 있다. 제9~12구에서는 사랑을 그저 기다리고 바라기만 하는 것은 좋은 방법이 아니며 사랑의 실현에는 중요한 때와 장소가 있음을 말하고, 낙수를 건너며 복비를 만났던 조식과 진 땅에 살며 고상한 아내와 살았던 양운에 자신을 비유하고 있다. 제13~16구에서는 여인의 아름다운 외모를 화장과 의상 및 장식을 통해 감각적으로 묘사하고, 제17~20구에서는 여인과의 아쉽고 고통스러운 이별의 상황을 말하고 있다. 제21~24구에서는 임을 향한 여인의 말로 표현할 수 없는 깊고 진실한 사랑을 말하고, 천상의 향기와 선계의 옥나무의 비유를 통해 여인의 아름다움을 인간 세상의 아름다움과 구분하고 있다. 마지막 제25~28구에서는 풀싸움 놀이와 제비뽑기 놀이에 빠져 시간 가는 줄도 모르는 모습으로 여인의 천진한 심성을 나타내고, 여인의 향기를 꽃향기에 비유하며 아름다운 외모에 갖추어진 고아한 자태와 품격을 찬미하고 있다.

82. 여인의 정

가벼운 바람이 살랑이며 발 고리를 흔들고
간밤 술에 여전히 취해 머리 장식 풀기도 귀찮아하네.
밤 깊어 꽃에 이슬 맺힌 것만 알았는데
어느새 인적 고요히 달이 누대를 비추네.
하손의 어두운 촛불을 누가 읊을 수 있으리?
한수가 태운 향을 역시 훔칠 수 있건만.
옥비녀 두드리다 부서지고 노래는 갈수록 목이 메니
노랫소리 하나하나에 두 눈썹 시름겹네.

閨情

輕風滴礫動簾鉤,[1] 宿酒猶酣懶卸頭.[2]
但覺夜深花有露, 不知人靜月當樓.[3]
何郎燭暗誰能詠,[4] 韓壽香焦亦任偸.[5]
敲折玉釵歌轉咽,[6] 一聲聲作兩眉愁.

【주석】

1) 滴礫(적력) : 의성어. 바람이 부는 소리.
簾鉤(염구) : 발을 묶는 고리.

2) 宿酒(숙주) : 간밤의 술.
酣(감) : 술에 취하다.
懶(라) : 게으르다. 귀찮다.
卸頭(사두) : 머리 장식을 풀다.

3) 不知(부지) : 부지불식간에. 의식하지 못하는 사이.

當(당) : 마주하다. 대하다.

4) 何郎(하랑) : 하손何遜. 남조南朝 양梁나라의 시인으로 자가 중언仲言이다. 시에 있어 경치묘사가 뛰어났으며 음갱陰鏗과 이름을 나란히 하였다.

燭暗(촉암) : 촛불이 어둡다. 하손의 이별시를 가리킨다. 하손의 〈떠나는 길에 옛친구와 밤에 이별하며臨行與故遊夜別〉 시에서 "밤비는 빈 계단에 방울지고, 새벽 등불은 이별의 방에 어둡네.(夜雨滴空階, 曉燈暗離室)"라 하며 친구와의 이별의 심정을 나타내었는데, 여기서는 '등암燈暗'을 '촉암燭暗'으로 바꾸어 인용하여 여인의 이별의 슬픔으로 나타내었다.

5) 韓壽(한수) : 남조南朝 진晉나라 가충賈充의 부관으로 외모가 뛰어났다. 가충의 딸과 밀애하다 가충에게 발각되었으나 결국 가충의 사위가 되었다.

香焦(향초) : 향이 타다. 가충의 딸이 훔쳐준 향을 가리킨다. ≪세설신어世說新語 · 혹닉惑溺≫에 따르면 가충의 딸이 한수의 미모에 반하여 그와 밀애를 하였는데, 부친이 하사받은 외국산 향을 훔쳐다 한수에게 주었고 이로 인해 이들의 관계가 발각되게 되었다.

任(임) : ~할 수 있다. '능能'과 같다.

6) 敲折(고절) : 두드려 부러뜨리다. 감정이 북받치는 상황을 말한다.

玉釵(옥채) : 옥으로 된 쌍갈래비녀.

轉(전) : 갈수록. 더욱.

咽(열) : 목이 메다.

【해설】

이 시는 임과 이별한 여인의 시름을 노래하고 있다.

제1~2구에서는 가벼운 봄바람이 여인의 방 안으로 불어오는 산뜻한 분위기를 묘사하며 이별의 슬픔에 밤새도록 술에 취해 무기력하게 있는 여인의 모습과 대비하고 있다. 제3~4구에서는 깊은 밤 꽃에 맺힌 이슬과 인적 없는 누대에 비친 달빛을 묘사하며 밤새 흘린 여인의 눈물과 외로이 홀로 남겨진 상황을 비유하고 있다. 제5~6구에서는 하손의 이별시와 한수의 향을 들어, 이별의 시를 차마 읊을 수 없으며 가충의 딸처럼 임을 위해서라면 향도 훔쳐다 줄 수 있음을 말하고 있다. 마지막 제7~8구에서는 옥비녀가 부러지도록 두드리며 목메어 부르는 노랫소리로 여인의 깊은 시름을 나타내고 있다.

83. 자부하다

사람들이 풍류를 인정하고 스스로도 재주를 자부하건만
복숭아 세 번 훔쳤다가 요대로 오게 되었네.
지금 옷깃에 입술연지 자국 남아 있으니
일찍이 귀양 온 신선에게 아프게 물린 것이라네.

自負

人許風流自負才,[1]　　偸桃三度到瑤臺.[2]
至今衣領胭脂在,[3]　　曾被謫仙痛齩來.[4]

【주석】

1) 許(허) : 허락하다. 인정하다.
風流(풍류) : 풍치가 있고 고상하게 노니는 것.
自負(자부) : 자부하다. 스스로 인정하다.

2) 偸桃三度(투도삼도) : 세 번 복숭아를 훔치다. 한漢 무제武帝 때 낭관郎官을 지낸 동방삭東方朔을 가리킨다. 반고班固의 ≪한무고사漢武故事≫에 따르면 한漢 무제武帝 때 동군東郡에서 키가 5치인 난쟁이 하나를 바쳤는데 의관을 모두 갖추고 있었다. 무제가 동방삭東方朔을 불러 이르니 난쟁이가 그를 가리키며 무제에게 이르기를, "서왕모가 복숭아나무를 심었는데 이천 년에 한 번 복숭아가 열립니다. 이 사람은 불량하여 세 번이나 지나면서 그것을 훔쳤습니다."라 하였다. 여기서는 자신을 동방삭에 비유하였다.
瑤臺(요대) : 전설상 서왕모西王母가 산다고 하는 누대. 여기서는 여인의 거처를 비유한다.

3) 衣領(의령) : 옷깃.

4) 謫仙(적선) : 귀양 온 신선. 여인을 비유한다.

痛齩(통교) : 아프게 깨물다. '교齩'는 깨문다는 뜻으로 '교咬'와 같다.

【해설】

이 시는 신선의 고사를 차용하여 자신과 여인의 사랑을 노래하고 있다.

제1~2구에서는 자신이 풍류와 재주가 있는 자로서, 지상으로 내려온 신선인 동방삭과 같은 사람임을 말하고 있다. 제3~4구에서는 여인 또한 귀양 온 신선에 비유하며 자신과의 운명적인 인연을 나타내고, 옷깃에 남아 있는 여인의 입술 자국으로 여인과의 깊고 친밀한 사랑을 말하고 있다.

84. 날씨가 서늘해

시름에 겨워 날씨 일찍 차가워졌나 문득 놀라고
그리움에 지쳐 물시계 더디 감을 도리어 싫어하네.
임은 산천 어느 곳 외로운 여관 안에서
등불 향해 한 쌍 눈썹 찌푸리고 있겠지.

天涼

愁來卻訝天涼早,[1]　　思倦翻嫌夜漏遲.[2]
何處山川孤館裏,[3]　　向燈彎盡一雙眉.[4]

【주석】

1) 卻訝(각아) : 갑자기 놀라다.
2) 思倦(사권) : 그리움에 지치다.
　翻嫌(번혐) : 도리어 싫다.
　夜漏(야루) : 물시계. 밤에는 해시계를 사용할 수 없어 물시계로 시간을 측정하였다.
3) 孤館(고관) : 외로운 여관. 객사客舍. 임이 떠나가 있는 곳을 가리킨다.
4) 彎(만) : 구부리다. 찌푸리다.
　一雙眉(일쌍미) : 한 쌍의 눈썹. 임의 눈썹을 가리킨다.

【해설】

이 시에서는 임과 헤어져 외로이 지내며 멀리 있는 임의 모습을 상상하고 있다.

제1~2구에서는 임과 헤어진 시름에 쓸쓸하고 처량한 기분이 들어

가을 추위가 일찍 찾아온 것은 아닌지 의아해하고 있으며, 임과 함께 했던 밤은 짧기만 하였건만 그리움으로 홀로 보내는 밤은 도리어 길기만 함을 탄식하고 있다. 제3~4구에서는 멀리 여관에서 홀로 지내고 있을 임을 떠올리며, 임 또한 자신과 마찬가지로 밤새 시름에 잠 못 이루고 있을 것이라 상상하고 있다.

85. 해 높이 떠

정신은 몽롱해도 현과 피리 소리는 오히려 기억나고
남은 추위에 오들거리며 술은 반쯤 깨었네.
봄은 저물고 해는 높이 떠 발 반쯤 말아 올리니
떨어지는 꽃이 비와 함께 뜰 가운데 가득하네.

日高

朦朧猶記管弦聲,[1]　嘸瘁餘寒酒半醒.[2]
春暮日高簾半卷,　落花和雨滿中庭.

【주석】

1) 朦朧(몽롱) : 몽롱하다. 정신이 혼미하다.
管弦(관현) : 관악기와 현악기.
2) 嘸瘁(금심) : 추위에 웅크리고 떠는 모양.

【해설】

이 시는 늦봄 비 오는 오후의 정경과 감회를 노래하고 있다.

제1~2구에서는 봄날 느지막이 잠에서 깨어난 상황이 나타나 있는데, 아직 술이 깨지 않은 몽롱한 정신과 여전히 귓가에 남아 있는 현과 피리 소리를 통해 간밤의 성대했던 연회의 상황을 짐작할 수 있다. 제3~4구에서는 해가 높이 떠 반쯤 말아 올린 발 너머로 가랑비 속에 마당 가득 떨어지는 꽃잎을 바라보며 저무는 봄을 아쉬워하고 있다.

86. 석양

꽃 앞에서 눈물 뿌리다 한식을 맞이하니
취중에 고개 돌려 석양에게 물어보네.
그리움에 사람 늙어가는 것이야 상관없다만
너는 매일같이 너무 쉽게 서쪽 담장에 지는구나.

夕陽

花前灑淚臨寒食,[1]　醉裏回頭問夕陽.
不管相思人老盡,[2]　朝朝容易下西牆.[3]

【주석】

1) 灑淚(쇄루) : 눈물을 뿌리다.
2) 不管(불관) : 상관없다.
3) 朝朝(조조) : 매일같이.
下西牆(하서장) : 서쪽 담장을 내려가다. 해가 저무는 것을 가리킨다.

【해설】

이 시는 임을 만나지 못하고 헛되이 시간만 흘러가고 있는 안타까움을 노래하고 있다.

제1~2구에서는 꽃 피는 봄날을 임과 함께 하지 못한 채, 눈물과 술로 지내다 다시금 하루해가 저물어가고 있음을 말하고 있다. 제3~4구에서는 서쪽 담장 아래로 저무는 석양을 원망하며, 그리움으로 하루하루 늙어만 가고 있는 자신과 매일같이 덧없이 흘러가는 시간을 안타까워하고 있다.

87. 옛 객사에서

이전의 기쁨과 옛날의 회한은 분명히 남아 있건만
술자리의 흥과 시로 담았던 정은 태반이 없어져 버렸네.
마치 서쪽 담장의 자형나무와 같으니
남은 꽃도 말라 오그라든 채 높은 제방에 비치고 있네.

舊館

前歡往恨分明在,[1]　　酒興詩情大半亡.[2]
還似牆西紫荊樹,[3]　　殘花摘索映高塘.[4]

【주석】

1) 前歡往恨(전환왕한) : 이전의 기쁨과 회한. 임과 함께 할 때의 기쁨과 헤어질 때의 회한을 가리킨다.
2) 酒興(주흥) : 술자리의 즐거움.
   大半(대반) : 태반. 거의 다.
3) 牆西(장서) : 담장 서쪽. 석양을 비유한다.
   紫荊(자형) : 나무 이름. 낙엽교목으로 잎이 둥글며 봄에 붉은 꽃이 핀다.
4) 摘索(적삭) : 말라 오그라들다. 뭉쳐 위축되다.
   高塘(고당) : 높다랗게 쌓은 제방.

【해설】

이 시는 임과 함께 했던 객사를 찾아가 옛일을 회상하며 쇠락한 현실을 슬퍼하고 있다.

제1~2구에서는 임과 함께 지냈던 객사에 찾아가니 함께 즐거워하고 아파했었던 기억이 생생하게 떠오름을 말하고, 당시 술과 시로 함께 했었던 즐거움이 이제는 남아 있지 않음을 안타까워하고 있다. 제3~4구에서는 석양 아래 자형나무의 모습에 자신을 비유하며, 꽃은 시들어 떨어지고 남은 꽃마저 애처롭게 매달려 있는 상황으로 이미 늙고 쇠락해져 버린 자신의 신세를 한스러워하고 있다.

88. 한창의 봄날에 그리워하며 보내다

해마다 좋은 기약은 늘 막히기만 하는데
만물의 은혜로운 정은 절로 안다네.
봄 풍경에 갈수록 슬픈 일만 더해가니
그대 닮은 꽃이 두세 가지 피어나네.

中春憶贈[1]

年年長是阻佳期,[2] 萬種恩情只自知.[3]
春色轉添惆悵事,[4] 似君花發兩三枝.

【주석】

1) 中春(중춘) : 음력 2월. 봄이 한창인 시기를 가리킨다.
2) 長是(장시) : 늘. 항상.
阻(조) : 험하다. 막히다.
佳期(가기) : 아름다운 기약. 임과의 만남을 의미한다.
3) 萬種恩情(만종은정) : 만 가지 은혜로운 정. 봄이 되어 만물이 소생하는 것을 가리킨다.
自知(자지) : 저절로 알다.
4) 惆悵(추창) : 상심하다. 슬퍼하다.

【해설】

이 시는 만물이 소생하는 봄날에 임과 함께 하지 못하는 슬픔과 그리움을 나타내고 있다.

제1~2구에서는 임과의 만남이 해마다 어긋나고 있는 자신의 상황과 만물이 봄의 은총을 받아 소생하고 있는 정경을 대비하고 있다. 제3~4구에서는 봄의 풍경이 짙어갈수록 자신에게는 슬픈 일만 많아질 뿐이며, 이는 갈수록 무성히 피어나는 꽃 때문이라 말하고 있다. 가지 사이로 하나둘 피어나는 꽃을 보면 임의 얼굴이 떠오르고, 그때마다 임을 향한 그리움은 더욱 깊어져 가기 때문이다.

89. 봄날의 한

남은 꿈은 아쉽기만 하고 술기운은 남아 있는데
성 머리의 나팔소리가 까마귀 울음소리와 짝하네.
새벽녘 서쪽 누대의 휘장 아직 걷지 않았고
정원 고요한데 이따금 도르래 소리 들려오네.

春恨

殘夢依依酒力餘,[1]　城頭畫角伴啼烏.[2]
平明未卷西樓幕,[3]　院靜時聞響轆轤.[4]

【주석】

1) 殘夢(잔몽) : 어렴풋이 남아 있는 꿈.
依依(의의) : 아쉬워 미련이 남는 모양.
2) 畫角(화각) : 아름다운 장식이 새겨져 있는 호각號角.
3) 平明(평명) : 날이 밝아올 무렵. 새벽녘.
西樓(서루) : 서쪽 누각. 여기서는 여인의 거처를 가리킨다.
4) 時聞(시문) : 때때로 들리다.
轆轤(녹로) : 도르래. 우물에서 두레박을 오르내리는 장치이다.

【해설】

이 시는 이른 새벽에 임과 함께 하는 꿈에서 깨어난 여인의 아쉬움과 허전함을 나타내고 있다.

제1~2구에서는 술로 외로움을 달래다가 꿈에서 임을 만나 함께하다 깨어난 상황을 말하고, 성 머리에서 들려오는 나팔소리와 까마귀 울음소리로 밤이 지나고 날이 밝아왔음을 나타내고 있다. 짧은 두 구 속에 외로움과 슬픔, 기쁨과 즐거움, 꿈속에서의 고요함과 현실의 소란함이 압축적으로 담겨져 있다. 제3~4구에서는 여인의 거처에 아직 걷지 않은 휘장을 통해 새벽을 반기지 않는 여인의 아쉬움을 나타내고, 이른 새벽의 인적 없는 고요한 정원과 이따금 들려오는 물긷는 소리를 시각과 청각, 무성無聲과 유성有聲, 정靜과 동動의 대비를 통해 나타내고 있다.

90. 그네

연못에 청명절의 밤비 그치니
정원 둘레에 먼지도 없고 꽃 두둑은 가까이 있네.
오색 실로 새끼줄 묶으니 담장 밖 나가기가 더뎌서이고
힘껏 구르며 주시하니 이웃의 밭을 보기 위해서라네.
내려와 가쁜 숨 아직 고르지도 못하고
붉은 난간에 기대어 오랫동안 말이 없네.
말은 없어도 그리움의 시름은 일어나니
고개 려돌 하늘 바라보며 길게 한 번 탄식하네.

鞦韆

池塘夜歇淸明雨,[1] 繞院無塵近花塢.[2]
五絲繩繫出牆遲,[3] 力盡纔睇見鄰圃.[4]
下來嬌喘未能調,[5] 斜倚朱闌久無語.[6]
無語兼動所思愁,[7] 轉眼看天一長吐.[8]

【주석】

1) 歇(헐) : 그치다. 다하다.
淸明雨(청명우) : 청명淸明에 내리는 비. 청명은 24절기 중 다섯 번째 절기로 춘분春分과 곡우穀雨 사이에 있다. 이 시기에는 비가 자주 내려 이때 내리는 비를 '청명우淸明雨'라 한다.
2) 花塢(화오) : 꽃 두둑. 평지에 쌓아 올려 만든 꽃밭을 가리킨다.
3) 五絲(오사) : 오색 실.

4) 力盡(역진) : 힘을 다하다. 온 힘을 다해 그네를 구르는 것을 말한다.
 瞵(린) : 눈을 크게 뜨고 주목하여 바라보다.
5) 嬌喘(교천) : 아리따운 호흡. 여인이 가쁘게 숨을 쉬는 것을 말한다.
 調(조) : 고르다. 조절하다.
6) 斜倚(사의) : 비스듬히 기대다.
 朱闌(주란) : 붉은 난간. '란闌'은 '란欄'과 같다.
7) 所思愁(소사수) : 그리움으로 인한 시름.
8) 長吐(장토) : 길게 토해내다. 긴 한숨을 내쉬는 것을 말한다.

【해설】

이 시는 청명절에 그녀를 타는 여인을 묘사하며 여인의 가슴 속 가득한 그리움을 나타내고 있다.

제1~2구에서는 밤비가 그쳐 정원이 깨끗해지고 꽃밭도 한결 가까이 보임을 말하며 지금이 그네 타기 좋은 때임을 말하고 있다. 제3~4구에서는 여인이 그네를 타는 모습을 묘사하며 그네를 타는 이유가 집 밖으로 나가기 어렵기 때문임을 말하고 있다. 힘껏 그네를 구르며 담장 밖 경치를 주목하여 바라보고 있는 여인의 모습에서 바깥세상을 향한 동경과 갈망을 느낄 수 있다. 제5~6구에서는 그네에서 내려와 숨도 채 고르지도 못한 채, 난간에 기대어 말없이 시름에 잠겨 있는 모습이 나타나 있다. 마지막 제7~8구에서는 하늘 향해 깊은 한숨을 토해내고 있는 모습으로 여인의 가슴속 가득한 그리움과 시름을 나타내고 있다.

91. 장신궁 2수

(1)

천상에서 노니는 꿈은 어찌 멀기만 한지
궁중에서의 소식은 너무도 감감하네.
임금의 은혜는 황금 우물이
둥그렇고 만 길 깊은 것과는 다르다네.

長信宮二首[1]

其一

天上夢魂何杳杳,[2]　　宮中消息太沈沈.[3]
君恩不似黃金井,　　一處團圓萬丈深.[4]

【주석】

1) 長信宮(장신궁) : 한대漢代 장락궁長樂宮 안에 있던 궁전으로, 주로 황태후皇太后가 머물던 곳이다. 성제成帝 때 반첩여班婕妤가 황제의 총애를 받다 조비연趙飛燕 자매에 의해 총애를 잃고 황후와 함께 장신궁에 유폐되었는데, 후에 이를 제목으로 하여 황제의 총애를 잃은 궁녀의 애환을 노래하였다. 앞의 23. 〈초가을新秋〉 주석1) 참조.
2) 天上夢魂(천상몽혼) : 천상에서 노니는 꿈. 황제의 총애를 받는 것을 의미한다.
   杳杳(묘묘) : 멀고 아득한 모양.
3) 沈沈(침침) : 고요하고 적막한 모양.
4) 團圓(단원) : 둥글다. 사랑이 원만한 것을 비유한다.

【해설】

이 시에서는 황제의 총애가 다시 찾아오기를 바라는 궁녀의 간절한 심정과 원망이 나타나 있다.

제1~2구에서는 황제의 총애를 다시 받는 것이 이루어질 수 없는 요원한 바람임을 말하고, 궁중에서 아무런 소식도 들려오지 않는 상황에 절망하고 있다. 제3~4구에서는 모나지 않고 둥글며 만 길 깊이인 우물과 비교하며 황제의 박정함을 원망하고 있다.

(2)

천상의 봉황에다 꿈을 기탁하지는 말지니
인간 세상 앵무새는 오래도록 슬픔을 견딘다네.
평생의 마음을 알아주는 이 없으니
금 베틀 북 하나로 만 길 실을 자았다네.

其二

天上鳳皇休寄夢,[1]　　人間鸚鵡舊堪悲.[2]
平生心緖無人識,　　一隻金梭萬丈絲.[3]

【주석】

1) 天上鳳皇(천상봉황) : 천상의 봉황. 황제 또는 황제의 총애를 받는 존재를 비유한다.
休(휴) : ~하지 말라. '막莫', '물勿'과 같다.
2) 鸚鵡(앵무) : 앵무새. 새장 속에 갇혀 사람 말을 하는 새를 가리키는 것으로, 여기서는 궁에 갇혀 지내는 궁녀를 비유한다.
3) 金梭(금사) : 황금 베틀 북. 궁녀 자신을 비유한다.
絲(사) : 실. 그리움을 뜻하는 '사思'와 쌍관어雙關語로 사용되었다.

【해설】

이 시에서는 궁에 갇혀 지내며 황제의 총애만을 바라보고 있는 궁녀의 비애를 노래하고 있다.

제1~2구에서는 황제의 총애를 받는 것이 실현 불가능한 꿈임을 말하며, 새장에 갇힌 앵무새에 비유하여 자신의 신세를 슬퍼하고 있다. 제3~4구에서는 황제가 자신의 마음을 알아주지 못함을 안타까워하며, 만 길 실을 자아내는 황금 베틀 북에 자신을 비유하여 황제를 향한 그리움이 끊임없이 이어지고 있음을 말하고 있다.

92. 구

어찌 범려만 돌아갈 줄을 알았으리?

오호에서 고깃배 타고 술지게미 배불리 먹으련다.

〈다시 융조에 임명한다는 소식을 들었는데 이전 직책에 따라 임명한 것이다.〉

句

豈獨鴟夷解歸去,[1] 五湖漁艇且餔糟.[2]

聞再除戎曹,[3] 依前充職[4]

【주석】

1) 鴟夷(치이) : 춘추시기 월越나라 대부大夫 범려范蠡의 이름. ≪사기史記·월왕구천세가越王句踐世家≫에 따르면 범려는 월왕越王 구천句踐을 섬기다가 마침내 오吳나라를 멸망시키고는 배를 타고 호수를 떠다니다가 제齊나라로 들어가서 이름을 바꾸어 스스로 '치이자피鴟夷子皮'라 불렀다고 한다. '치이자피'는 '가죽으로 만든 자루'라는 뜻으로 오왕 부차夫差가 오자서伍子胥를 죽여 가죽 자루에 시체를 넣은 것처럼 자신도 월왕 구천에게 큰 죄를 지었음을 자책한 것이라 하며, 크기를 자유롭게 변형시켜 어떠한 양도 능히 담을 수 있는 가죽 자루에 자신의 능력을 비유한 것이라도 한다.

2) 五湖(오호) : 태호太湖. 지금의 강소성江蘇省과 절강성浙江省에 걸쳐 있다. ≪오록吳錄≫에 따르면 오호는 태호의 별칭으로 그 둘레가 오백여 리가 되어서 이와 같이 불렀다고 한다. 범려范蠡가 월왕 구천을 도와 오나라를 멸망시킨 뒤 배를 타고 유랑하며 은거한

곳이다.

漁艇(어정) : 작은 고깃배. '정艇'은 작은 배를 의미한다.

餔糟(포조) : 술지게미를 배불리 먹다. 거르지 않은 술을 마시면서 이에 만족하며 사는 것을 의미한다.

3) 再除(재제) : 다시 임명되다.

戎曹(융조) : 왕의 호위부서. 여기서는 왕을 지근거리에서 호위하는 직책이라는 뜻으로, 한림학사翰林學士를 가리킨다.

4) 依前充職(의전충직) : 이전에 의거하여 직책을 충당하다. 이전과 같은 한림학사翰林學士의 직책으로 임명된 것을 말한다.

【해설】

이 시는 두 구절만 남아 있다. 시의 내용과 말미의 작자의 주注로 보아 천우天祐 2년(905) 한림학사로 다시 임명되었을 때 쓴 것으로 여겨진다.

시에서는 공업을 세우고 오호를 유랑하며 은거했던 범려를 들어, 자신 또한 그와 같이 세상 명리에서 벗어나 자유롭게 살고 싶은 바람을 나타내고 있다. 실제 한악은 당시의 부름에 응하여 관직에 나아가지 않았다.

구절 색인

가

나

다

라

▮마

■ 바

▮사

▮아

▮자

▮ 차

▮ 타

▮ 파

▮ 하

편저자소개

한악(韓偓, 842~923)

당唐 경조京兆 만년萬年(지금의 섬서성陝西省 서안시西安市 부근) 사람으로 자字가 치요致堯이고 호號는 옥산초인玉山樵人이다. 소종昭宗 용기龍起 원년(889)에 진사進士에 급제하여 한림학사翰林學士, 중서사인中書舍人, 병부상서兵部尙書, 한림승지翰林承旨 등을 역임하였다. 이후 주온朱溫의 미움을 사서 복주사마濮州司馬로 좌천되자 관직에서 물러났으며, 소종이 누차 조정으로 복귀할 것을 명했으나 모두 불응했다. 시에 있어 칠언율시七言律詩에 뛰어났으며 즉흥시卽興詩의 성과도 높은데, 대부분 당 왕조의 흥망성쇠를 노래하였으며 주로 정치적 변란을 주된 소재로 삼았다. 저서로 ≪한내한별집韓內翰別集≫이 있으며, 남녀 간의 연정을 그린 작품만을 별집 형태로 모은 ≪향렴집香奩集≫이 있다.

역해자소개

주기평朱基平

호號는 벽송碧松이다. 서울대학교 중어중문학과를 졸업하고 동 대학원에서 문학박사 학위를 취득하였다. 서울대학교 규장각한국학연구원의 책임연구원과 서울대학교 인문학연구원의 객원연구원을 지냈으며, 현재 서울대·서울시립대 등에서 강의하고 있다.

저역서로 ≪육유시가연구≫, ≪육유사≫, ≪육유시선≫, ≪고적시선≫, ≪잠삼시선≫, ≪역주 숙종춘방일기≫, ≪당시삼백수≫(공역), ≪송시화고≫(공역), ≪협주명현십초시≫(공역), ≪사령운·사혜련 시≫(공역), ≪진자앙시≫(공역) 등이 있으며, 주요논문으로 〈중국 만가시의 형성과 변화과정에 대한 일고찰〉, 〈진자앙 감우시의 용사 연구〉, 〈중국 역대 도망시가의 사회문화적 배경과 문학예술적 특징 연구〉 등이 있다.

향렴집香奩集

초판 인쇄 2020년 3월 15일
초판 발행 2020년 3월 28일

편 저 자 | 한 악
역 해 자 | 주기평
펴 낸 이 | 하운근
펴 낸 곳 | 學古房

주 소 | 경기도 고양시 덕양구 통일로 140 삼송테크노밸리 A동 B224
전 화 | (02)353-9908 편집부(02)356-9903
팩 스 | (02)6959-8234
홈페이지 | http://hakgobang.co.kr/
전자우편 | hakgobang@naver.com, hakgobang@chol.com
등록번호 | 제311-1994-000001호

ISBN 978-89-6071-949-1 93820

값 : 23,000원